Le bébé d’une innocente

JENNIE LUCAS

Le bébé d'une innocente

AZUR

HARLEQUIN

Collection : Azur

Titre original :
CLAIMING THE VIRGIN'S BABY

HARPERCOLLINS FRANCE
83-85, boulevard Vincent-Auriol, 75646 PARIS CEDEX 13
Service Lectrices — Tél. : 01 45 82 47 47 - www.harlequin.fr
ISBN 978-2-2804-4730-0 — ISSN 0993-4448

Composé et édité par HarperCollins France. Achevé d'imprimer en décembre 2020.
par CPI Black Print - Barcelone - Espagne
Dépôt légal : janvier 2021.

FSC www.fsc.org MIXTE Papier issu de sources responsables FSC® C108412

Pour limiter l'empreinte environnementale de ses livres, HarperCollins France s'engage à n'utiliser que du papier fabriqué à partir de bois provenant de forêts gérées durablement et de manière responsable.

1.

Panique. Regret. Amertume.

Voilà ce que ressentait Rosalie Brown, enceinte de sept mois, quand elle baissait les yeux sur son ventre.

Elle inspira profondément. Elle s'était crue capable d'être mère porteuse pour un couple marié sans enfants. Et de remettre sans état d'âme le bébé à une famille aimante à la fin de sa grossesse.

Elle s'était trompée.

La gorge serrée, elle massa la bosse du bébé sous sa robe d'été en coton.

Depuis sept mois, elle sentait ce petit être croître et bouger en elle. Elle l'avait vu sur les échographies et s'était habituée à lui parler pendant ses promenades le long de la baie de San Francisco, matin et après-midi, sous la pluie ou le soleil. En contemplant l'océan dans le brouillard d'hiver ou la lumière printanière, petit à petit, elle s'était mise à aimer ce bébé.

Secrètement.

Stupidement.

Rosalie cligna plusieurs fois les paupières pour refouler ses larmes. À l'époque où la clinique spécialisée dans le traitement de la stérilité avait publié l'annonce, elle traversait une mauvaise passe. Frappée par un deuil récent, au chômage depuis peu, elle n'avait même plus la possibilité de se réfugier dans sa famille. L'occasion lui avait semblé miraculeuse. Cela lui permettrait de payer son loyer tout en accomplissant une bonne action. Ce serait en outre un excellent moyen de surmonter son chagrin et sa culpabilité.

Elle avait rencontré la future mère, une Italienne très belle et distinguée, qui lui avait parlé en pleurant du désir d'enfant de son mari.

Aidez-nous, je vous en prie, avait-elle sangloté avec son fort accent étranger.

Pour la première fois depuis plusieurs mois, Rosalie éprouvait autre chose que du désespoir. Elle avait signé le jour même le contrat de Gestation Pour Autrui.

C'est seulement quelques semaines plus tard qu'elle avait commencé à avoir des doutes. Elle avait pris conscience qu'il s'agissait de porter son bébé à elle, et pas celui d'une autre. Certes, il s'agissait d'une fécondation médicale et elle n'avait pas rencontré le géniteur. Mais l'enfant serait le sien biologiquement.

À la première tentative d'insémination, Rosalie s'était rendu compte qu'elle commettait une terrible erreur et qu'elle ne pourrait jamais être mère porteuse. Elle avait donc décidé de se rétracter.

Mais il était déjà trop tard.

Elle était tout de suite tombée enceinte, alors que plusieurs essais étaient généralement nécessaires. Et un contrat en bonne et due forme l'obligeait à donner l'enfant à la naissance.

Rosalie avait essayé de se convaincre que le bébé n'était pas vraiment le sien, mais celui de Chiara Falconeri et son mari Alex. Mais tout son être se révoltait contre cette idée. Son cœur, son corps, son âme… Jusqu'au jour où, la situation étant devenue insupportable, elle s'était fait faire un passeport, pour la première fois de sa vie, et avait réservé un vol international.

Elle se retrouvait à Venise sur un coup de folie. À présent, il fallait persuader le couple d'annuler le contrat…

— *Signora ?*

Un jeune Italien souriant, en marinière rayée, lui tendait la main pour l'aider à descendre du *vaporetto* qui l'avait amenée de l'aéroport Marco Polo, de l'autre côté de la lagune. Une bourrasque gonfla sa robe jaune, toute chiffonnée après le voyage de quatorze heures en avion. Le bateau tangua sous ses pieds. Elle avait aussi la tête qui tournait à cause du stress et du manque de sommeil.

— Je vous aide avec votre bagage ? demanda l'employé poliment.

— Non, répondit-elle en glissant la bandoulière de son sac sur son épaule. *Grazie.*

C'était à peu près le seul mot d'italien qu'elle connaissait, avec *gelato*, *spaghettis*, et quelques autres noms d'aliments.

— *Ciao, bella.*

Elle n'était pas vraiment belle, avec son gros ventre. Les Italiens appelaient sans doute toutes les femmes *bella*… Le pays lui plaisait déjà !

Il faudrait tout de même que le couple accepte de lui laisser le bébé, ce qui n'était pas gagné d'avance.

L'estomac noué, elle suivit les touristes qui pénétraient dans la ville en passant devant des terrasses de café et de jolies vitrines qui exposaient de la verrerie et des masques colorés. Elle était à Venise, *La Serenissima* !

Rosalie Brown avait grandi dans une ferme de la Californie du nord avant de s'installer à San Francisco pour chercher du travail. Elle n'avait jamais imaginé qu'elle voyagerait un jour aussi loin, à l'autre bout du globe terrestre. Elle était éblouie par tous ces palais de contes de fées, avec leurs façades Renaissance et leurs balcons romantiques. Les canaux miroitaient sous un soleil ardent.

Elle se ressaisit et secoua la tête en soupirant. Elle n'était pas là pour s'extasier mais pour mener une négociation délicate.

Rosalie étudia intensément la carte affichée sur l'écran de son téléphone et quitta le flot qui se dirigeait vers San Marco pour tourner dans une petite rue tranquille. Obéissant scrupuleusement aux indications du GPS, elle traversa un pont étroit, loin des hordes de touristes, jusqu'à la *piazza* di Falconeri.

Elle se sentait de plus en plus rouge et transpirante. Elle n'avait vu qu'une fois Chiara Falconeri, à la clinique, mais n'avait jamais rencontré son mari. Il ne l'appellerait sûrement pas *bella* quand elle lui annoncerait qu'elle voulait garder son fils…

Elle s'arrêta devant une grande grille en fer forgé. Au travers, on apercevait une cour avec des plantes en pots et, tout au fond, un *palazzo* discret. Un instant, les jambes lui manquèrent. Elle s'arma de courage, remonta son sac sur son épaule et sonna.

Une voix froide lui répondit dans l'Interphone.

— *Sì ?*

— Euh… Je voudrais… parler à M. et Mme Falconeri, s'il vous plaît.

— *Monsieur* Falconeri. Vous avez rendez-vous ?

L'homme s'exprimait avec un accent qui rappelait le majordome anglais de *Downton Abbey*.

— Non, mais ils accepteront de me recevoir.

Il y eut un reniflement sceptique.

— Qui êtes-vous ?

— Rosalie Brown. La mère de leur bébé.

Un silence suivit.

— Allô ! risqua-t-elle au bout d'un moment. Vous êtes là ?

Pas de réponse…

— S'il vous plaît, j'arrive de Californie. Demandez à Mme Falconeri, elle vous expliquera…

On lui ouvrit enfin. Elle poussa la grille et traversa la cour pavée jusqu'à une porte en bois ouvragée. Au moment où elle soulevait le lourd marteau, un homme aux cheveux blancs et à l'air hautain se présenta devant elle.

— Vous pouvez entrer.

Elle reconnut l'accent britannique. Sous les sourcils broussailleux, deux yeux noirs la dévisagèrent avant de considérer son ventre rond.

— Euh… Merci, murmura Rosalie en se mordant la lèvre. Êtes-vous M. Falconeri ?

— Moi ?

Le vieux monsieur toussota.

— Je suis Collins, le majordome. Au service du comte.

— Le comte ?

— Alexander Falconeri est le comte di Rialto. Il est étrange que vous ne soyez pas au courant si vous… êtes la mère de son enfant.

Manifestement, il ne croyait pas un mot de son histoire.

— Oh.

Super, Alexander Falconeri était un aristocrate. Comme si Rosalie n'était pas suffisamment déstabilisée comme cela… Rejetant la tête en arrière, elle contempla la fresque du plafond et le grand lustre en cristal.

— Par ici, mademoiselle Brown.

Dans le hall, ils passèrent devant un escalier monumental, puis franchirent des portes à doubles battants de trois mètres de haut pour pénétrer dans un salon aux boiseries dorées. Bouche bée, elle jeta un regard circulaire sur le mobilier Louis XV et les fenêtres qui donnaient sur un canal. Un portrait à l'huile trônait au-dessus de la cheminée en marbre.

— Attendez ici, s'il vous plaît.

Rosalie s'agita nerveusement, ne sachant si elle devait s'asseoir ou rester debout. Un tel palais dépassait totalement le cadre de son expérience. Elle était loin du minuscule appartement qu'elle partageait à San Francisco avec trois colocataires. Ou de la vieille ferme de ses parents en Californie du Nord, remplie de tout un bric-à-brac qui s'était volatilisé en fumée…

Repoussant cette pensée avec une sensation nauséeuse, elle concentra son attention sur le décor. Ici aussi, les meubles et les objets s'étaient transmis de génération en génération. Mais la comparaison s'arrêtait là. Toutes ces pièces d'antiquités possédaient une valeur inestimable.

Elle s'immobilisa sous un portrait d'ancêtre qui la toisait avec mépris, comme le majordome tout à l'heure. *Vous n'êtes pas à votre place dans ce salon*, semblait railler le vieillard en perruque. Elle lui donna raison en frissonnant. Son bébé non plus n'avait rien à faire ici. Comment un enfant s'épanouirait-il dans cette demeure qui ressemblait à un musée ?

— Qui êtes-vous et que voulez-vous ?

Rosalie se retourna en entendant un grognement derrière elle.

Un homme venait d'entrer. Grand, bien charpenté avec une large carrure, des cheveux bruns en bataille, des yeux noirs, perçants, rivés sur elle. Les genoux flageolants, elle s'agrippa au dossier d'une chaise.

— Vous êtes… Alex Falconeri ? demanda-t-elle d'une voix croassante.

Il s'avança fièrement. Tout de noir vêtu, il s'accordait

parfaitement au décor, mais certainement pas à la vie réelle et à l'idée que Rosalie se faisait de l'ambiance italienne, chaleureuse et ensoleillée en ce dernier jour de mai.

— Vous n'avez pas répondu à ma question, reprit l'homme, glacial. Qui êtes-vous ? Quelle est cette histoire ridicule que vous avez racontée à mon majordome ?

Comment pouvait-il ignorer qui elle était ? Son nom aurait dû suffire…

— Rosalie. Rosalie B-Brown.

— Bien. Rosalie, Rosalie Brown, répéta-t-il d'un ton moqueur. Qu'est-ce que cette plaisanterie ? Vous seriez enceinte de mon enfant ?

Une plaisanterie ? Elle fronça les sourcils.

— Vous savez parfaitement qui je suis.

— Comment le saurais-je ? rétorqua-t-il dédaigneusement, en croisant les bras. Je n'ai pas trompé ma femme une seule fois en trois ans de mariage, pas même quand…

Il s'interrompit, les mâchoires crispées.

Rosalie le considéra avec une expression ahurie.

— Vous avez signé un contrat de GPA.

— De quoi parlez-vous ?

Était-ce possible… qu'il ne soit pas au courant ?

— Votre femme, Mme Falconeri… c'est-à-dire la comtesse… m'a engagée comme mère porteuse dans une clinique privée à San Francisco en novembre dernier. Elle m'a expliqué que vous étiez… euh… trop occupé pour quitter l'Italie. Mais que vous formiez un couple heureux…

— Heureux ? coupa-t-il, incrédule. Ma femme n'a pas pu vous dire une chose pareille.

— Pourtant… d'après elle, il ne manquait qu'un bébé à votre bonheur. Et au sien.

Alex Falconeri continuait à la dévisager froidement.

Elle s'humecta les lèvres.

— Demandez-lui, si vous ne me croyez pas. C'est elle qui a tout organisé. Elle…

— Mon épouse est morte dans un accident de voiture le mois dernier.

L'espace de quelques secondes, Rosalie se tut, interdite.

— Oh ! je suis désolée.

— Avec son amant, ajouta-t-il. Vous racontez vraiment n'importe quoi.

Alexander Falconeri, comte di Rialto, considérait la belle jeune femme enceinte debout dans le salon de son *palazzo*.

Elle mentait d'une manière éhontée. Son histoire ridicule ne tenait pas debout. Avoir recours à une mère porteuse sans son consentement ? Même Chiara n'aurait jamais fait une chose pareille. Non. Impossible.

Vraiment ?

Impossible, se répéta-t-il durement. Comment une clinique de San Francisco aurait-elle pu récupérer ses gamètes ?

Il s'agissait d'un coup monté.

Chiara, aussi rusée qu'impitoyable, était capable d'ourdir des manigances machiavéliques. Elle réclamait le divorce à cor et à cri depuis deux ans. Selon ses conditions, c'est-à-dire avec des compensations financières et un partage des biens.

Alex avait refusé. Il n'avait aucune raison de déchirer un contrat de mariage qui le protégeait. D'abord, Chiara ne le méritait pas. Ensuite, en homme d'honneur, il respectait les vœux qu'il avait prononcés. Pour lui, les liens du mariage étaient indissolubles.

Chiara ne partageait pas son point de vue. Après la mort de son père qui lui avait laissé un riche héritage, elle n'avait plus de raison de rester mariée avec Alex. Avide de recouvrer sa liberté, elle avait hâte d'épouser le musicien drogué et sans le sou qu'elle aimait depuis des années.

L'argent lui brûlait les doigts et ne durerait pas indéfiniment, surtout avec le train de vie qu'elle menait avec Carrero. Son amant, qui était aussi marié de son côté, ne quitterait d'ailleurs pas sa femme s'il n'y gagnait pas matériellement. Chiara voulait donc divorcer et partir avec la moitié de la fortune d'Alex.

Comme il refusait, elle s'était vengée en l'humiliant, affichant sa liaison tapageuse dans les night-clubs de Venise et de Rome. Elle avait tout fait pour lui forcer la main.

Il n'avait pas cédé.

Mais il voulait des enfants, c'était son talon d'Achille. Avec son cousin Cesare, ils étaient les derniers d'une longue lignée de cinq cents ans. Sans héritier, le titre de comte di Rialto mourrait avec Alex. La situation semblait sans espoir car Chiara et lui faisaient chambre à part depuis deux ans. Pourtant, Alex restait confiant. Un jour peut-être, sa femme reprendrait ses esprits et lui reviendrait. Il n'avait pas besoin de l'aimer pour vivre avec elle en bonne intelligence et fonder une famille…

Chiara avait-elle essayé de le circonvenir en lui offrant un enfant biologique ? Il aurait volontiers abdiqué une partie de sa fortune en échange d'une descendance.

Était-ce cela dont il était question avec cette jeune Américaine ?

— Je suis sincèrement désolée, dit-elle en posant une main sur son bras. Même si vous… aviez des problèmes de couple, vous l'aimiez certainement beaucoup.

Choqué par son geste de réconfort, Alex sursauta. Son contact l'électrisait, littéralement. Pourquoi son corps réagissait-il aussi vivement à… cette inconnue ?

Probablement à cause d'une trop longue abstinence

sexuelle. La passion n'avait jamais été au rendez-vous avec Chiara, même au début. Ils s'étaient mariés par intérêt. Leur union, qui scellait l'entente de deux vieilles familles, permettait à Alex d'agrandir sa propriété viticole en lui adjoignant le domaine de Vulpato. Chiara était belle, mais ils ne s'accordaient pas physiquement. Ils faisaient l'amour sans ferveur et s'étaient éloignés très vite, au bout de quelques mois.

Cela remontait à trois ans.

Ses réactions n'avaient donc rien d'étonnant.

Il s'écarta vivement et la jeune femme s'empourpra.

Elle était presque *trop* jolie, avec ses grands yeux expressifs et ses cheveux noirs attachés en queue-de-cheval. Sa robe d'été jaune mettait en valeur ses courbes généreuses et ses jambes minces et bronzées. Elle ne portait ni bijoux ni maquillage.

— La clinique aurait dû m'avertir du décès de votre femme.

— Je ne sais rien de cette clinique, insista-t-il.

— Elle est morte dans un accident ?

— Oui. Vous n'avez rien lu ? C'était dans les journaux.

Son amant conduisait en état d'ivresse et sous l'influence de la drogue, de nuit, sous la pluie, au bord d'une falaise…

Le scandale avait défrayé la chronique. Les magazines people avaient fait des gorges chaudes du comte di Rialto, l'ancien play-boy convoité par tant de jolies femmes, humilié depuis deux ans par les infidélités de son épouse. Au moins, la mort de Chiara avait mis un terme définitif aux ragots.

Avant l'accident, l'entourage d'Alex ne comprenait pas pourquoi il ne divorçait pas. Quand il brandissait son code moral, ses amis secouaient tristement la tête.

Ta femme a piétiné depuis longtemps tes beaux principes,

Alex. Elle te tourne en ridicule. Ton honneur n'exige pas que tu respectes tes vœux mais que tu quittes cette garce !

Sa visiteuse montrait plus d'empathie.

Il détestait sa gentillesse.

Elle jouait forcément la comédie. Son histoire ne tenait pas debout. Chiara avait peut-être loué les services d'une actrice au chômage pour tenir ce rôle absurde de mère porteuse.

— J'espère qu'elle vous a payée d'avance, maugréa-t-il, les dents serrées.

— Pardon ?

— Ma défunte femme, quand elle vous a engagée pour ce scénario ridicule.

— Vous ne me croyez pas ?

Il fallait lui reconnaître un certain talent. Elle tremblait et avait les larmes aux yeux.

— Il faudrait que je sois bien naïf pour gober un bobard pareil ! Comme si j'avais pu concevoir un bébé-éprouvette.

— Par insémination artificielle, marmonna-t-elle en rougissant.

— Mademoiselle… Rappelez-moi votre nom ?

— Rosalie Brown.

— Mademoiselle Brown, reprit Alex en haussant les sourcils, je suis prêt à vous payer le double de Chiara si vous admettez votre mensonge.

— Quel mensonge ?

— Je ne suis pas le père de votre bébé.

Il s'interrompit en penchant la tête sur le côté.

— Si toutefois vous êtes vraiment enceinte.

— Comment cela ? s'écria-t-elle avec indignation. Vérifiez vous-même !

Elle lui empoigna la main pour la placer sur son ventre.

Il s'attendait à moitié à du rembourrage et recula très vite en sentant la chaleur et la fermeté de son corps.

Elle le foudroya du regard.

— Pourquoi mentirais-je ?

— C'est une fille ou un garçon ? demanda-t-il, un peu ébranlé.

— Un garçon. Mais peu importe. La naissance est prévue dans deux mois et c'est vous le père.

Alex réfléchit à toute vitesse pour trouver une autre explication.

— Vous êtes venue réclamer votre dû. Vous étiez déjà enceinte quand Chiara vous a rencontrée. Elle vous a promis une grosse somme d'argent si vous veniez me voir à Venise pour me faire croire que j'étais le père. Elle pensait m'imposer ainsi ses conditions pour le divorce…

— Elle voulait divorcer ?

— Quand vous avez appris sa mort, vous avez changé vos plans, continua-t-il, implacable. Vous espérez que je vais payer pour me débarrasser de vous.

— Quoi ? Non ! Pas du tout !

— Alors que voulez-vous, mademoiselle Brown ?

Rosalie pâlit. Ses grands yeux expressifs ressemblaient à deux lacs où se reflétaient des myriades d'étoiles.

Elle inspira profondément.

— Je veux garder mon bébé. Il est à moi. C'est *mon* fils.

— Vous ne voulez pas d'argent ? s'écria Alex, interloqué.

— Non.

Elle fouilla au fond de son sac et sortit une liasse de billets retenus par un élastique.

— Je vous restitue ce que votre femme m'avait donné pour mes dépenses.

Ce n'était pas grand-chose. Décontenancé, il releva la tête.

— Eh bien, allez-vous-en et laissez-moi tranquille.

Rosalie le déconcerta une fois de plus en se jetant à son cou. Éperdue de gratitude, elle l'embrassa sur les deux joues.

— Merci, chuchota-t-elle à son oreille. Oh ! merci.

Alex sentit la rondeur de ses seins et de son ventre contre son corps. Ses cheveux exhalaient un parfum de vanille et de fleur d'oranger.

De nouveau, l'air se chargea d'électricité, comme si un orage allait éclater.

Quand Rosalie s'écarta, sa chaleur lui manqua aussitôt. Elle pleurait.

— Vous n'avez pas idée de ce que cela signifie pour moi. Je n'osais même pas espérer.

Elle chercha quelque chose dans son sac.

— Si vous voulez bien signer ce papier et l'envoyer à la clinique de San Francisco pour m'éviter des ennuis.

Elle sourit faiblement.

— Merci encore. Vous êtes un homme bon.

À ces mots, elle tourna les talons et disparut.

Sidéré, Alex parcourut le document. Il s'agissait d'un formulaire juridique par lequel il s'engageait à abandonner ses droits parentaux, selon la loi en vigueur en Californie.

Rosalie Brown avait entrepris ce long voyage pour lui annoncer qu'elle portait son enfant. Et elle était repartie sans rien lui demander… Cela n'avait aucun sens.

Il regarda le petit paquet de dollars américains, dans sa main. En fait, c'était elle qui lui avait donné de l'argent. C'était absurde.

À moins que son histoire ne soit vraie.

Mais c'était impossible. Même si Chiara avait échafaudé un plan aussi diabolique, elle n'aurait pas eu les moyens de l'exécuter. Il n'était pas allé en Californie depuis des années…

À moins que…

Alex se remémora une visite médicale dans une clinique suisse, la première année de son mariage, quand il espérait encore avoir des enfants avec Chiara. Pour se rassurer, il avait fait un test de fécondité. Tout était normal. Par mesure de précaution, il avait donné son accord pour congeler un échantillon de ses gamètes. On ne savait jamais ce que réservait l'avenir…

La fourberie de Chiara n'ayant aucune limite, elle avait très bien pu contacter le médecin suisse et le mettre en relation avec la clinique de San Francisco.

Cette pensée le glaça. Chiara se vengeait-elle d'outre-tombe ? Était-il possible que Rosalie Brown, qu'il n'avait jamais rencontrée avant ce jour, soit réellement enceinte de son bébé ?

2.

— Ils sont toujours là ! Ils devraient partir, maintenant.

La grand-tante de Rosalie chuchotait en français, sur le seuil de la cuisine, en observant les touristes américains qui chantaient à tue-tête à l'autre bout de son restaurant.

— Ne leur souris pas ! ajouta-t-elle en mettant une main sur la hanche, sous le tablier blanc en dentelle.

— Excuse-moi, je ne peux pas m'en empêcher.

Depuis son arrivée au Mont-Saint-Michel, deux jours plus tôt, Rosalie était aux anges et nageait dans le bonheur.

Son bébé était à elle.

Quand elle avait quitté San Francisco pour Venise, elle n'y croyait pas. Pourtant, son rêve était devenu réalité. Elle pourrait garder son enfant. Pour toujours.

Une gaieté folle lui gonflait le cœur. Les mains sur le ventre, elle esquissa un pas de danse près d'une table inoccupée.

Nous sommes une famille, baby. Toi et moi.

Son bébé se retourna et donna un coup de pied contre sa paume, comme pour exprimer sa joie.

— Ne danse pas dans ma salle de restaurant ! protesta sa grand-tante Odette, scandalisée. On va croire que tu es aussi ivre que les touristes !

— Ivre de bonheur, tatie ! répondit Rosalie en claquant un baiser sonore sur sa joue.

La vieille dame aux cheveux blancs s'écarta.

— Ma sœur n'aurait jamais dû partir en Amérique. Tu ne sais pas te conduire comme il faut. Tu es ridicule.

Mais Odette dissimulait un sourire derrière son ton bourru. Rosalie se félicitait d'avoir grappillé quelques jours de vacances avant son retour en Californie. Après avoir réglé son problème sans rencontrer la moindre difficulté, elle avait pris le train pour venir en Normandie chez sa grand-tante.

Au premier abord, Odette Lancel, qui tenait un petit restaurant au Mont-Saint-Michel, n'avait pas été ravie de voir sa petite-nièce enceinte de sept mois et célibataire. Elle l'avait vertement réprimandée et était allée de surprise en étonnement en écoutant son histoire.

— Un bébé a besoin de ses deux parents, ma petite, avait-elle déclaré avec fermeté. Tu avais déjà commis une sottise en te proposant comme mère porteuse, et tu te montres très naïve en croyant que tu élèveras ce petit seule sans difficulté. Tu as eu une enfance heureuse, avec un père et une mère qui t'aimaient…

Rosalie s'était assombrie à l'évocation de ses parents et de la maison familiale, à jamais disparus. Par sa faute.

Chiara Falconeri, la belle Italienne qu'elle avait brièvement rencontrée à San Francisco, avait aussi perdu la vie tragiquement, avec son amant. Elle lui avait menti. Son mariage était un échec. Comment avait-elle pu faire une GPA sans le consentement de son mari – et dans l'intention de l'obliger à divorcer ?

Quel gâchis ! Rosalie était soulagée d'avoir échappé à

cette machination. Son enfant grandirait loin de ce drame malsain, et serait entouré d'amour et de tendresse.

— Un garçon a besoin de son père, avait insisté Odette.

— C'est impossible, avait répondu Rosalie avec une fermeté égale. Alex Falconeri est…

Beau. Séduisant. Sexy. Puissant.

Résolument, elle chassa les images qui se présentaient à son esprit.

— Il est veuf depuis peu et la paternité ne l'intéresse pas.

— Il devra malgré tout faire face à ses responsabilités.

— Je ne veux pas de son argent.

— Pourquoi ? Tu gagnes une fortune en tant que réceptionniste ?

— Non, avait admis Rosalie. J'ai l'assurance-vie de mes parents. Et si je vends le domaine…

Odette avait paru scandalisée.

— Tu ne ferais pas cela ? Je n'ai jamais approuvé le mariage de ma nièce avec un fermier américain, mais elle parlait avec une grande fierté des terres qui appartenaient à la famille de ton père depuis plusieurs générations. Comme ce restaurant qui a été ouvert par mon grand-père.

Elle avait jeté un regard circulaire sur l'Omeletterie, sans cacher son orgueil.

— On ne dilapide pas un héritage.

— Je sais, avait concédé Rosalie, un nœud dans la gorge. Mais… je ne retournerai jamais à la ferme, Tatie. Il faut parfois tourner la page.

— Rosalie…

La voix d'Odette tremblait et sa petite-nièce avait su trouver les mots pour l'apaiser.

— Il ne me reste que quelques jours avant de repartir à San Francisco. Si je les occupais à t'aider au restaurant ?

À présent, le séjour de Rosalie touchait à sa fin. Elle devait repartir à Venise le lendemain pour prendre l'avion du retour.

D'importantes décisions l'attendaient. Elle ne pourrait pas élever son bébé dans un petit appartement de deux chambres avec trois colocataires. Son salaire de réceptionniste lui permettrait-il de régler les frais de garde ?

Malgré ses scrupules, elle serait obligée d'entamer l'assurance-vie de ses parents, peut-être de vendre la ferme…

Les touristes américains continuaient à crier et chanter bruyamment. Il était tard, les tables se vidaient.

— Va les faire taire, chuchota Odette, irritée.

— Pourquoi ? Ils ne font pas de mal. Il n'y a presque plus personne.

— Moi, ils me dérangent, insista la vieille dame. Il est temps de fermer, de toute façon.

Rosalie s'approcha pour leur parler gentiment.

— Vous êtes américaine ! s'exclama une femme du groupe. Que faites-vous au Mont-Saint-Michel ?

— Le restaurant appartient à ma grand-tante.

Elle ramassa les verres sur un plateau et posa la note sur la table.

— C'est la meilleure omelette que j'aie mangée de ma vie ! lança un autre convive. Quelle est la recette pour la rendre aussi mousseuse ?

Rosalie se pencha avec un air de conspiratrice, tandis qu'Odette, qui l'observait de loin, levait les yeux au ciel.

— C'est un secret de famille, mais je vous le confie. Rien qu'à vous.

Tout le monde retint son souffle en attendant la suite.

— Il faut juste de l'amour. Je suis sérieuse, ajouta-t-elle quand la tablée protesta. Tout ce qui est bon se fait avec de l'amour.

Elle le croyait sincèrement. Même si la vie apportait parfois son lot de chagrin, l'amour donnait du sens et de la magie à tout ce qui comptait. Parfois de façon détournée et mystérieuse.

Sinon, comment expliquer qu'elle soit justement tombée enceinte à un moment de sa vie particulièrement sombre et douloureux ? Alors qu'elle n'avait jamais couché avec un homme ? Et quel miracle qu'elle puisse garder le bébé !

Consciente de sa chance inouïe, Rosalie posa une main sur son ventre. Elle ne comprenait pas pourquoi Alex Falconeri avait accepté d'abandonner son enfant, mais elle lui en serait reconnaissante toute sa vie.

Au moment précis où cette pensée lui traversait l'esprit, une voix grave résonna à son oreille.

— Mademoiselle Brown.

Elle se redressa en fronçant les sourcils et jeta un coup d'œil par-dessus son épaule. La stupéfaction la cloua sur place.

Alex Falconeri se tenait sur le seuil du restaurant. Sa large carrure s'encadrait dans l'ouverture de la porte. Un pli soucieux lui barrait le front.

Les jambes flageolantes, elle reposa son plateau.

— Merci encore ! lançaient les Américains. Nous recommanderons l'endroit à tous nos amis.

Ils payèrent en ajoutant un généreux pourboire et quittèrent les lieux en titubant légèrement.

Mais Rosalie ne faisait plus attention à eux. Elle n'avait d'yeux que pour l'homme sombre et charismatique qu'elle pensait avoir laissé pour toujours derrière elle à Venise.

— Mademoiselle Brown, répéta-t-il.

Des vibrations étranges l'enveloppèrent d'un brouillard cotonneux.

— C-comment m'avez-vous trouvée ? Q-que voulez-vous ? bredouilla-t-elle.

Dans son manteau gris, il se confondait avec la nuit.

— Cela n'a pas été trop difficile. J'ai téléphoné à votre tante cet après-midi pour parler un peu avec elle.

Rosalie se tourna d'un air accusateur vers Odette. En train de ranger sa caisse, sa grand-tante se redressa avec dédain, de toute sa hauteur.

— Comme je te le disais tout à l'heure, en tant que père, il a une responsabilité, non ?

— Non, asséna Rosalie avec force.

Puis elle s'adressa au visiteur.

— Vous avez renoncé à vos droits parentaux.

Il haussa un sourcil ironique.

— Vous croyez ? Mettez-vous à ma place. Vous débarquez en me racontant une histoire rocambolesque. Il m'a fallu un peu de temps pour recouvrer mes esprits.

Rosalie s'appuya contre le bord de la table pour ne pas chanceler. Il n'y avait qu'une explication possible à la venue d'Alex Falconeri. Il voulait lui reprendre son bébé et en avait le pouvoir. Qui l'en empêcherait ?

— S'il vous plaît, laissez-moi tranquille, chuchota-t-elle.

Il ouvrit la bouche, puis hésita en regardant sa grand-tante.

— Venez, dit-il.

La petite rue pavée était déserte. À côté de lui, Rosalie Brown avait l'air à la fois très en colère et terrifiée.

Alex serra les mâchoires. Il avait préféré sortir pour lui parler, car il n'avait pas confiance en la grand-tante qui épierait leur conversation et ne se priverait pas d'intervenir.

— Par ici, dit-il à Rosalie en la précédant dans un escalier qui menait sur les remparts.

Là-haut, ils seraient tranquilles. On n'entendait plus que

le vent et les mouettes. Il contempla un instant la splendeur de la baie au clair de lune.

Mais la beauté de Rosalie le stupéfiait bien davantage. Des étincelles brillaient au fond de ses yeux immenses. La brise soufflait dans ses cheveux et elle avait une manière absolument adorable de se mordre la lèvre. Sous son tablier blanc de serveuse, sa petite robe noire se tendait sur sa poitrine généreuse et son ventre rond qui abritait son enfant.

Son enfant.

Alex avait encore du mal à y croire.

À Venise, après le départ de Rosalie, il avait contacté un détective privé, le meilleur de la place. Il avait aussi appelé la clinique de fertilité à San Francisco pour poser quelques questions. À présent, il savait tout.

Non seulement sur cette histoire d'insémination artificielle, mais sur la personne de Rosalie Brown. Il ne subsistait aucune zone d'ombre, depuis sa scolarité dans la petite école rurale de Californie du Nord jusqu'à la mort récente de ses parents dans un incendie de forêt.

Odette Lancel étant désormais sa seule famille, il n'avait pas été difficile de la suivre à la trace.

Alex ne se remettait pas de la perfidie de sa défunte femme. Avec quelle hargne elle avait échafaudé son plan ! Sans l'accident qui lui avait coûté la vie, elle aurait gagné la partie. Car elle avait trouvé ce qui lui importait plus que son honneur et sa fortune.

— Pourquoi êtes-vous venu ? interrogea Rosalie. À Venise, vous m'avez traitée de menteuse.

— J'ai eu tort.

Elle eut un rire amer.

— Merci. Qu'avez-vous dit à ma tante ? Vous voulez une garde conjointe ?

— Pas exactement.

Assise sur un muret de pierre, elle avait l'air d'une princesse dans un conte moyenâgeux.

Alex se secoua. Il était perturbé, pour avoir de telles pensées. Les contes de fées n'existaient pas. Cette jeune femme, aussi belle soit-elle, n'avait pas besoin d'un preux chevalier pour la sauver. Elle avait accepté de louer son ventre.

Mais pourquoi ? Rosalie Brown n'avait pas de soucis financiers. Elle avait reçu plusieurs offres intéressantes, pour ses terres dans le comté de Sonoma, célèbre pour ses vignobles. Elle pouvait vendre la propriété familiale. Elle aurait pu aussi lui demander une petite fortune, à Venise, en échange de son renoncement.

Il savait tout, mais il ne comprenait rien.

— Que voulez-vous, alors ? demanda Rosalie.

— Je me suis renseigné sur vous. J'ai appris beaucoup de choses, mais cela ne m'a pas éclairé.

Elle pâlit.

— Vous avez enfreint ma vie privée.

— Pourquoi avez-vous décidé de porter l'enfant d'une autre femme pour le donner à la naissance ? Pour de l'argent, vraiment ?

— C'était une erreur, répliqua-t-elle, sur la défensive. Je n'aurais jamais dû être mère porteuse.

— Pourquoi l'avez-vous fait ?

Elle hésita.

— J'avais envie de faire une bonne action, quelque chose qui compenserait…

Elle s'interrompit.

— En tout cas, j'ai changé d'avis presque aussitôt. Mais c'était trop tard.

— Vous étiez déjà enceinte.

Elle hocha simplement la tête.

— Comment avez-vous cru l'histoire ridicule de Chiara ? Comment un homme pourrait-il être *trop occupé* pour rencontrer la mère de son enfant ?

Elle baissa les yeux.

— Ce n'est pas exactement ce qu'elle a dit.

— Quoi alors ?

— Eh bien… Que… vous étiez impuissant.

Alex resta d'abord bouche bée. Puis il éclata de rire. Il s'arrêta quand elle commença à le regarder bizarrement.

Son comportement pouvait paraître étrange, en effet. Il n'était pas naturel de supporter l'infidélité de son épouse en étant convaincu qu'elle finirait par lui revenir. Ni de lui pardonner le jour où, assagie, raisonnable, elle déciderait enfin de se conformer à son rôle de mère de famille.

Impuissant.

Cette vengeance puérile était presque risible.

— Nos relations sexuelles ne me satisfaisaient pas pleinement, mais je n'étais pas impuissant.

Elle rougit.

— Non ?

— Nous n'étions pas proches et elle me témoignait une certaine froideur. Malgré tout, les mariages de raison ne se soldent pas nécessairement par un échec. Au bout de quelques mois, comme elle ne tombait pas enceinte, j'ai effectué un test de stérilité dans une clinique suisse. Tout était normal… J'ai découvert un peu plus tard qu'elle n'avait jamais arrêté la pilule.

— Elle vous mentait ?

— Elle m'avait épousé pour faire plaisir à son père. Dès qu'il est mort et qu'elle a touché l'héritage, elle a voulu recouvrer sa liberté.

Il marqua une pause.

— Chiara a soudoyé un médecin californien pour qu'il obtienne un échantillon de sperme de la clinique suisse.

— Dans le but d'obtenir le divorce ?

— Pas seulement. Elle avait imaginé un odieux chantage pour partir avec la moitié de ma fortune en plus de la sienne. Son amant avait posé ses conditions pour divorcer de son côté et légaliser leur situation. Il voulait continuer à rouler en Ferrari et s'approvisionner en cocaïne. Chiara m'aurait empêché de voir l'enfant jusqu'à ce que je cède.

Rosalie écarquilla des yeux effarés.

— Il y a vraiment des gens qui se marient uniquement par intérêt ?

— Évidemment. Ce sont d'ailleurs les seules raisons valables.

— Non, l'amour devrait être le fondement de toute relation, déclara Rosalie avec force.

Il la fixa curieusement.

— Vous êtes très romantique.

— Cela sonne comme un reproche, dans votre bouche.

Effectivement, pour Alex, ce n'était pas une qualité. Il se rapprocha. Le bruissement des vagues et le cri des mouettes résonnaient dans la nuit. Il eut de nouveau l'impression étrange qu'ils étaient seuls au monde, dans une atmosphère irréelle.

— Je ne comprends pas. Si l'amour est si important pour vous, pourquoi avez-vous accepté de porter un enfant contre de l'argent ?

— J'ai agi par idéalisme, expliqua-t-elle. Je voulais rendre service à un couple malheureux, les aider à se rapprocher, en me consolant de…

Elle secoua la tête, les yeux brillants.

— Pourquoi votre femme n'a-t-elle pas essayé d'être enceinte ? Au lieu de me mêler à votre conflit ?

— Chiara ne voulait pas de lien biologique avec cet enfant. Apparemment, même elle n'imaginait pas possible d'abandonner son bébé.

Rosalie frémit en voyant où il voulait en venir.

— Ce bébé est à moi. Personne ne me le prendra.

Alex fit une dernière tentative.

— Quel serait votre prix pour me donner mon fils et disparaître de nos existences, mademoiselle Brown ?

— Jamais !

— Un million d'euros ? Dix ?

— Non ! Fichez-nous la paix ! cria-t-elle.

Il l'attrapa par le poignet, mais elle se dégagea.

— Vous ne pouvez rien contre moi. La gestation pour autrui est illégale en Italie.

— C'est vrai. Mais notre cas est différent, mademoiselle Brown. Vous êtes la mère et je suis le père, c'est aussi simple que cela. J'ai des droits.

— Je mourrai avant de donner mon bébé à un homme qui a un bloc de glace à la place du cœur !

Il toussota.

— Parfaitement ! Votre femme devait être très malheureuse, pour avoir recours à de telles extrémités ! Pourquoi ne lui avez-vous pas accordé ce qu'elle demandait ? Je n'aurais pas été mêlée à vos problèmes sordides… Je me serais sentie utile. Cela m'aurait consolée…

Alex se remémora les informations du détective. Les parents de Rosalie étaient morts à l'automne, juste avant qu'elle contacte la clinique de fertilité. Il avait vu des photos de champs dévastés et de fermes entièrement détruites par le feu. Tout un village avait disparu en Californie du Nord. Il y avait eu soixante morts, parmi lesquels Ernst et Mireille Brown.

Cela avait-il influencé la jeune femme idéaliste dans sa

démarche ? Croyait-elle au pouvoir salvateur de l'altruisme ? Voulait-elle surmonter son chagrin en secourant les autres ?

— Vous avez perdu vos parents, remarqua-t-il.

Les épaules de Rosalie se voûtèrent.

— Je ne veux pas en parler.

— Ils sont morts dans un incendie. Vous vous sentiez triste et seule. Vous avez décidé d'aider des inconnus à mettre un bébé au monde.

Elle cligna les paupières pour refouler ses larmes.

— Ma mère avait coutume de dire que la meilleure arme pour combattre la tristesse, c'est de faire le bien autour de soi… Mais je n'ai pas choisi la solution idéale. Heureusement, le miracle est survenu quand je suis allée à Venise.

— Quand vous avez découvert que Chiara était morte.

— Non ! protesta-t-elle, horrifiée. Je ne peux pas me réjouir d'un drame. Le miracle s'est produit quand vous m'avez traitée de menteuse et mise à la porte de chez vous. Sur le moment, j'étais folle de joie.

»¯ Malheureusement, la tragédie m'a rattrapée.

Alex la scruta avec attention. À Venise, il l'avait jugée trop hâtivement. Contrairement à Chiara, Rosalie Brown était naïve, altruiste et romantique. Il n'avait pas rencontré un être aussi bon et sincère depuis la mort de sa sœur Margaret.

— Nous pourrions peut-être élever cet enfant ensemble, suggéra-t-il.

— Ensemble ?

Un désir nostalgique s'alluma dans les yeux de la jeune femme, immédiatement suivi par un grand désarroi. Manifestement, elle avait une piètre opinion de lui.

Alex se moquait généralement de ce que les autres

pensaient de lui. Bizarrement, l'avis de Rosalie Brown ne lui était pas indifférent.

— Pourquoi pas ? insista-t-il.

— C'est impossible. Je vis en Californie.

— Vous habiterez avec moi en Italie jusqu'à la naissance du bébé. Et lorsque j'aurai fait le test ADN, vous resterez. Pour toujours.

— Vous dites n'importe quoi, chuchota-t-elle en tremblant. Vous voulez... m'épouser ?

Il éclata de rire, puis se ressaisit en voyant qu'il l'avait vexée.

— Pardonnez-moi. Non, je me suis marié une fois. Plus jamais !

— Alors... Que suggérez-vous ?

Alex haussa les sourcils.

— Vous vivrez avec moi. Je subviendrai largement à vos besoins...

— Je ne suis pas une aventurière ! Votre argent ne m'intéresse pas !

— D'accord. Comme vous voudrez.

Une idée lui traversa l'esprit.

— Je peux vous employer et vous rétribuer. Comme nounou.

3.

Rosalie le regarda avec une expression éberluée.

— Comme *nounou* ? s'écria-t-elle d'une voix suraiguë.

— Cela pose un problème ?

Dans un geste protecteur, elle posa les deux mains sur son ventre.

— Je suis sa *mère*. Pas une employée.

— Il y a seulement quelques jours, vous n'étiez qu'une mère porteuse. Considérez plutôt mon offre comme une promotion.

— Avez-vous perdu l'esprit ? Jamais je n'accepterai.

Alex l'examina lentement, des pieds à la tête, en s'arrêtant ostensiblement sur son tablier de serveuse.

— Vous n'avez pas d'économies et vous vivez en location, si je ne m'abuse ?

Rosalie songea à la ferme où elle avait grandi, une vieille demeure victorienne patinée par les ans au milieu des terres. Malheureusement, tout était réduit en cendres.

La gorge serrée, elle revint au moment présent.

— Oui, mais je travaille, répondit-elle, sans mentionner l'assurance-vie de ses parents. D'ailleurs, mon patron m'attend lundi.

Alex eut un rictus sensuel.

— Vous ne pouvez pas repartir aussi vite. Si vous

refusez tout dédommagement de ma part, il vous faudra gagner de l'argent pendant votre séjour en Italie…

— Je n'ai jamais dit que je comptais rester en Italie. Mais si c'était le cas, oui, je chercherais un emploi…

— Il peut être difficile pour une Américaine de se faire employer dans l'Union européenne, à moins d'avoir des qualifications particulières.

Rosalie songea brièvement à son expérience de standardiste à l'Embarcadero, un grossiste de fruits de mer dans le port de San Francisco. Elle n'avait aucune compétence à faire valoir…

— Non, je n'en ai pas, admit-elle platement.

— Disposez-vous d'un capital pour monter une entreprise susceptible de créer des emplois pour des Italiens ?

— Non.

Pour l'instant, il n'était pas question de vendre la propriété familiale. Elle ne s'y résoudrait peut-être jamais.

— Vous parlez italien ?

— Non.

Il changea de tactique.

— Admettons que vous trouviez un job. Vous seriez obligée de me laisser votre fils toute la journée, non ?

Rosalie fut prise de vertige. Cette discussion n'avait pas lieu d'être.

— Je n'ai jamais consenti à vivre avec vous.

— J'ai une autre idée. Je pourrais tout simplement subvenir à vos besoins.

— Non ! Puisque je vous dis que je ne veux pas de votre argent !

Il haussa les épaules.

— Alors, la solution de nounou constitue le meilleur compromis. Cela nous permettra d'élever notre fils ensemble en Italie.

— Pourquoi serait-ce à moi de changer de vie pour m'installer à l'autre bout du monde ?

— Serait-ce un grand sacrifice de quitter San Francisco ?

Rosalie recensa rapidement tout ce qu'elle laisserait derrière elle. Un patron irascible et des clients grincheux. Un appartement délabré avec des colocataires désordonnées qui ramenaient parfois n'importe qui. Une fois, Rosalie avait même dormi sur le canapé du salon pour laisser sa compagne de chambre avec sa dernière conquête.

Pourtant, elle préférait encore *cela* à Emmetsville.

Vends la ferme, si tu ne veux plus jamais y retourner, souffla une voix intérieure.

On lui avait déjà proposé un bon prix pour les terres, situées en plein vignoble, entre Sonoma et Petaluma. Avec cet argent sur son compte en banque, elle aurait pu écraser Alex de son mépris…

— En réalité, vous n'avez aucune envie de rentrer à San Francisco, reprit Alex.

Comme s'il lisait dans son esprit…

— Pourquoi dites-vous cela ?

— Vous auriez déjà vendu la propriété familiale pour vous installer quelque part.

Elle lui jeta un regard choqué.

— Je sais tout, je vous ai prévenue. Avec ce pactole, vous pourriez acheter un bel appartement sur le front de mer, ou entamer des études universitaires, ou encore partir en croisière autour du monde. Pourtant, vous avez refusé toutes les propositions.

Elle acquiesça.

— Vous êtes bloquée, incapable de prendre une décision. Vous ne m'avez même pas dit que vous étiez une riche propriétaire terrienne parce que vous ne savez pas quoi faire.

Le cœur de Rosalie battait sourdement dans sa poitrine.

Elle avait envie de s'enfuir à toutes jambes pour retrouver le refuge du restaurant de sa grand-tante.

— Je veux que vous veniez vivre avec moi, Rosalie. Vous êtes la mère de mon enfant. Laissez-moi vous aider financièrement. Ainsi que votre tante vous l'a dit, j'en ai la responsabilité.

— Personne ne donne rien pour rien. Pourquoi pas nourrice finalement ? souffla-t-elle.

Elle ne voulait rien lui devoir.

Il lui lança un regard surpris.

— À votre convenance. Vous passerez vos journées à vous occuper de notre bébé, exactement comme vous le souhaitez, sans soucis matériels. Et vous aurez des compensations si jamais je vous renvoie…

— Pardon ?

— Oui. Nous établirons un contrat en bonne et due forme, qui vous donnera droit à une indemnité de licenciement. Vous n'aurez rien à craindre de l'avenir. Si un jour vous vous lassez de la maternité et que vous décidiez de nous quitter…

— Vous êtes complètement fou !

— Vous serez protégée par la législation du travail.

— Protégée ? Mais de quoi ?

Il pinça les lèvres.

— De moi.

— Expliquez-vous, je ne comprends pas.

Il s'approcha plus près, le visage à demi dissimulé dans l'ombre. Elle entrouvrit les lèvres en frissonnant.

— Si jamais j'étais tenté de séduire la mère de mon enfant qui est aussi une très belle femme…

Il regarda brièvement sa bouche, puis releva les yeux.

— Cela fixerait clairement des limites. Il n'y aurait aucun danger.

Rosalie devait reconnaître que la proximité d'Alex la troublait beaucoup, physiquement et moralement. Sa richesse et sa puissance lui en imposaient et un charme sombre émanait de lui. C'était un homme sensuel et inquiétant à la fois, avec son sourire cynique et sa voix rauque de séducteur latin.

Pour couronner le tout, elle était enceinte de son bébé. Comment serait-elle restée indifférente ?

Néanmoins, elle s'étonnait de lui plaire. Elle se jugeait assez ordinaire, incapable de soutenir la comparaison avec les créatures de rêve qu'il avait l'habitude de fréquenter, brillantes, hyper minces et d'un chic irréprochable. Assez petite, plutôt ronde, Rosalie suivait la mode de très loin et s'habillait avec des vêtements bon marché.

Elle observa attentivement Alex Falconeri, parfaitement maître de lui, d'un sang-froid à toute épreuve. N'était-il pas en train de la manipuler ?

Il avait vu qu'il lui plaisait. Comment n'aurait-il pas perçu son trouble ? Elle rougissait à tout bout de champ et tremblait pour un rien. Ne venait-elle pas d'évoquer sottement leur mariage ? Accoutumé à ce genre de situation, il était passé maître dans l'art de décourager en douceur ses admiratrices…

Elle s'empourpra violemment.

— Bon. Je vous engage comme nurse, alors ?

Elle secoua obstinément la tête.

— Je ne veux pas être votre employée.

— Vous refusez tout…

Alex se frotta la nuque en marmonnant tout bas, en italien.

— Vous avez une autre solution ? demanda-t-il enfin.

Rosalie prit une profonde inspiration.

— Je retourne travailler à San Francisco et je prends mon congé de maternité. Vous me rejoignez là-bas et nous louons un appartement en partageant les frais. Ou, si vous préférez, vous logez séparément, avec un droit de visite pour voir le bébé. Aussi souvent que vous le souhaitez, conclut-elle généreusement.

Alex garda un instant le silence, puis proféra un grognement.

— Au moins, je dois vous reconnaître un certain cran.

Elle esquissa un sourire.

— Merci du compliment… Vous, vous parlez très bien anglais. Presque sans accent.

— Ma mère était américaine, comme vous.

— Ah bon ? *Comme moi*, vraiment ? ironisa-t-elle. *Votre* maman a vécu dans une ferme ? Elle ramassait les œufs dans le poulailler ? Ensuite, elle est allée à la ville pour chercher un emploi ? Elle a été réceptionniste, peut-être ?

Il la considéra avec une expression légèrement amusée.

— Ma mère était une Cabot, une grande famille de Boston. Elle a fait ses études à Wellesley College, une université féminine privée.

Rosalie ne put s'empêcher de lever les yeux au ciel.

— Bien sûr. *Exactement* comme moi.

Elle en avait plus qu'assez maintenant. Tournant les talons, elle s'engagea dans l'escalier en pierre.

— Où allez-vous ? s'écria-t-il. Rien n'est décidé…

— Faux. Moi, j'ai décidé d'aller me coucher. Et rassurez-vous, ce n'est pas une invitation.

— Rosalie…

— Bonne nuit, lança-t-elle fermement.

Après avoir descendu les marches précautionneusement, elle hâta le pas jusque chez sa tante. Loin de lui, elle respirait beaucoup mieux.

Alex la rattrapa devant le restaurant.

— Je ne vous ai pas invité à me suivre, murmura-t-elle, gênée.

Un pli sensuel creusa les commissures de ses lèvres.

— Je viens vous aider à faire vos bagages.

— Je ne vais pas à Venise avec vous.

— Oh que si, dit Odette derrière eux.

Elle se tenait sur le seuil et foudroyait sa nièce du regard.

— Excusez-moi, lança Rosalie en s'adressant à Alex.

Puis elle rentra dans la maison et referma la porte.

— Tu ne comprends pas, protesta-t-elle en se plantant devant sa grand-tante.

— Détrompe-toi, j'ai tout compris. Le père de ton bébé veut apprendre à te connaître et t'aider à élever un enfant dont il ignorait complètement l'existence. Alex Falconeri se comporte en vrai gentleman.

— Un gentleman ? Jamais de la vie ! Il veut m'obliger à habiter chez lui, dans son palais, à Venise.

Rosalie s'interrompit, consciente du ridicule, et chercha un argument plus probant.

— Il voulait m'engager comme nurse ! Pour m'occuper de mon propre enfant !

— Tu as refusé, j'espère.

— Évidemment. Je suis la mère de son bébé, pas son employée.

— Certains hommes ne font pas la différence, maugréa la vieille dame. En tout cas, vous devez faire plus ample connaissance. Ensuite, peut-être, vous vous marierez, pour le bien de l'enfant.

Rosalie rougit.

— Je le lui ai déjà suggéré…

— Mon Dieu ! Tu vas vite en besogne.

— C'était un malentendu. Il prend le mariage un peu

trop au sérieux, de toute façon, ajouta Rosalie en pensant à tous les problèmes que ses principes avaient provoqués.

Une étincelle s'alluma dans les yeux d'Odette.

— C'est si rare, un homme pour qui l'engagement a du sens… Laisse-lui sa chance. Le bébé est autant à lui qu'à toi et mérite une vraie famille.

— Je suis là. Et toi aussi.

— Je ne vivrai pas éternellement, ma petite. En plus, un garçon a besoin d'un père.

— Pourquoi irais-je en Italie ? Je n'ai rien à y faire.

— Regretterais-tu beaucoup ta vie en Californie ?

Rosalie songea à la maison de son enfance, réduite en cendres, à ses parents, morts dans l'incendie par sa faute. Si elle avait épousé le fils des voisins, comme ils le souhaitaient, elle aurait été là pour les sauver. Elle aurait réagi à temps.

Elle n'avait que des regrets et des remords, en Californie.

Alors pourquoi ne pas partir en Italie, dans un *palazzo* ?

Sa grand-tante revint à la charge.

— Tu es enceinte d'un homme fortuné. Tu dois accepter qu'il te prenne en charge financièrement.

— Je ne pourrai jamais ! Ce serait comme accepter la charité. Comme disait mon père, *On n'a jamais rien sans rien.*

Odette s'énerva.

— Donner la vie, ce n'est pas rien ! L'accouchement n'est pas une partie de plaisir. Ensuite, tu seras debout jour et nuit pour t'occuper du bébé, lui donner le biberon, le bercer pour l'endormir, le promener… C'est *lui* qui te sera redevable !

Rosalie secoua la tête avec une expression effarée. Puis, brusquement, elle se pencha pour embrasser la joue ridée de sa grand-tante, qui sourit d'un air entendu.

— Les jeunes ont toujours besoin de conseils.

Rosalie ôta son tablier, l'accrocha au portemanteau et ressortit. Alex attendait toujours.

— J'ai décidé de venir avec vous.

Son expression ne changea pas, mais la tension de ses épaules se relâcha.

— *Va bene.*

— Pas très longtemps. Juste pour nous connaître un peu.

— Je saurai vous convaincre de rester.

— Pas comme nurse, en tout cas. Puisque je consens à m'installer dans une ville étrangère, vous paierez mes dépenses au quotidien et j'accepte également une petite allocation pour les frais annexes.

— D'accord, répondit aussitôt Alex.

— Après la naissance et le résultat du test de paternité, vous me verserez une pension alimentaire, que nous habitions ou non dans la même maison.

— Naturellement. Autre chose ?

— Si la vie commune ne marche pas entre nous pour une raison ou pour une autre, promettez-moi de ne pas réclamer la garde exclusive.

— Tant que c'est réciproque.

Elle réprima un rire. Comme si elle était de taille à lutter contre Alex Falconeri, le puissant comte di Rialto !

— Entendu, répondit-elle très sérieusement.

Quand ils se serrèrent la main pour sceller leur accord, une décharge électrique la transperça. Ses seins lourds se tendirent sous sa robe.

Alex s'écarta brusquement et elle soupira. Avait-elle encore trahi son désir pathétique ? Devant son expression imperturbable, elle se détourna, le rouge aux joues.

— Je vais préparer mon bagage.

— Je vous accompagne.

— Pourquoi ? Vous avez peur que je m'échappe par la fenêtre ?

— L'idée m'a traversé l'esprit, plaisanta-t-il.

Ils gravirent deux étages. Il en restait encore un.

— Ce doit être très fatigant pour vous, observa-t-il.

Son ton protecteur la toucha, alors qu'il ne se souciait probablement que du bébé.

— Ne vous inquiétez pas. Je suis en pleine forme.

Ils arrivèrent au grenier, dans une petite chambre mansardée. Rosalie tira un sac de dessous le lit à une place, y fourra ses habits et ses sous-vêtements, et ajouta *Le Crime de l'Orient—Express* posé sur la table de nuit.

La présence d'Alex dans cette pièce minuscule l'oppressait, et elle ouvrit la fenêtre. Le cri plaintif d'une mouette retentit dans la nuit. Elle inspira longuement et enleva les draps pour les mettre au sale, embarrassée par cette intimité forcée.

— Donnez-moi votre sac.

Rosalie tressaillit au contact des doigts d'Alex. Que lui arrivait-il ? Personne n'avait jamais produit un tel effet sur elle. Certainement pas Cody la fois où il avait voulu l'embrasser, ni aucun des hommes qu'elle avait rencontrés à San Francisco. Elle devait être chamboulée par les hormones de grossesse.

Elle s'échappa en courant presque, déposa les draps à la lingerie et passa à la salle de bains prendre ses affaires de toilette, qu'elle glissa dans le sac de voyage en prenant soin de ne pas toucher Alex.

Elle ne s'humilierait plus en trahissant son trouble. À partir de maintenant, elle se concentrerait sur un seul objectif.

Réprimer le désir que lui inspirait Alex Falconeri.

4.

Une satisfaction intense irradia Alex pendant que Rosalie faisait ses adieux à sa grand-tante. Il avait obtenu ce qu'il voulait. Elle retournait à Venise. Chez lui.

Soulagé de l'accord qu'ils avaient conclu, il satisfaisait volontiers à toutes ses exigences. S'il avait fallu se battre pour la garde de l'enfant, sa fortune lui aurait garanti les meilleurs avocats, mais les tribunaux avaient tendance à trancher en faveur de la mère. Et l'amour maternel de Rosalie ne faisait aucun doute.

Un magnétisme incroyable émanait de cette petite femme aux courbes épanouies. Ses yeux noisette lumineux, profonds et pleins de vie, ses lèvres charnues, ses cheveux bruns avec des mèches plus claires autour de son visage en forme de cœur…

Aucun juge aux affaires familiales ne résisterait à un plaidoyer de Rosalie Brown.

Il aurait payé n'importe quel prix pour qu'elle s'installe de son plein gré dans son *palazzo*. Lui n'aurait pas pu déménager en Californie. D'abord à cause de son vignoble, ensuite parce qu'il était incapable de prendre l'avion. Quel soulagement qu'elle ait cédé ! Il n'avait proposé cet emploi de nurse qu'en dernier recours, à cause de sa réticence à accepter son argent. Il était ravi de subvenir à ses besoins et à ceux de l'enfant. C'était son devoir, de toute façon.

Malgré tout, cela aurait permis de poser des limites clairement définies. Autrement, rien ne l'empêchait de suivre son désir et de faire d'elle sa maîtresse, surtout en vivant sous le même toit.

Néanmoins, il se l'interdirait.

Car Rosalie Brown était une sentimentale.

L'amour devrait être le fondement de toute relation…

Elle avait eu une enfance choyée et croyait que c'était la norme. Elle était même devenue mère porteuse pour offrir à un couple le bonheur d'une vraie famille, en même temps qu'elle soignait son chagrin d'avoir perdu ses parents. Tout cela par amour.

Alex, lui, n'avait pas d'amour à donner.

Ce serait déjà difficile pour lui d'être père.

Jusque-là, son désir d'enfant était resté assez abstrait. Il pensait simplement à assurer sa descendance, perpétuer le nom de ses ancêtres.

Mais dans deux mois, il serait responsable d'un vrai petit garçon en chair et en os. Comment s'y prendrait-il ? Et s'il n'aimait pas son enfant ? Il n'avait pas eu de bon modèle…

— Il est presque minuit, remarqua Odette Lancel. Êtes-vous sûr de ne pas vouloir attendre demain matin ?

Alex n'avait pas envie de s'attarder au Mont-Saint-Michel.

— Je préfère partir tout de suite, répondit-il. Nous dormirons à Paris. Au revoir, madame.

Il s'inclina devant elle.

— Encore merci pour votre aide.

La vieille dame le regarda en plissant les yeux.

— Prenez bien soin d'elle, jeune homme. Ou vous aurez affaire à moi.

— Je ne vous causerai pas de désagrément, madame.

Odette Lancel lui rappelait sa grand-mère italienne, une maîtresse femme à laquelle il valait mieux ne pas se frotter.

— J'ai votre parole ?

Il marqua un temps d'arrêt avant de répondre. Il ne voulait rien promettre à la légère.

— Oui.

Satisfaite, Odette hocha la tête et donna un dernier avertissement à sa petite-nièce.

— Souviens-toi. C'est à lui de payer pour tout.

— *Tatie !*

Scandalisée, Rosalie s'empourpra et jeta un regard gêné à Alex, qui comprit brusquement pourquoi elle avait changé d'avis. Sa tante l'avait convaincue.

Tant mieux. Tout était parfait. Il rajusta le sac de Rosalie sur son épaule.

— Allons-y.

Elle déposa un dernier baiser sur la joue ridée de sa grand-tante et lui emboîta le pas. Il lui prit la main pour la guider sur les pavés inégaux de la rue en pente, jusqu'au parking à l'extérieur des remparts. Il s'arrêta devant une Lamborghini rouge, déposa le sac dans le coffre et ouvrit la portière de Rosalie.

Ils quittèrent la presqu'île en silence et roulèrent longtemps à travers la campagne normande sans échanger un mot. Rosalie se sentait mal à l'aise dans le siège en cuir de l'habitacle luxueux.

— Pourquoi voyageons-nous en voiture ? demanda-t-elle. Ce serait plus rapide en avion.

— Je n'aime pas l'avion, répliqua-t-il, laconique.

— Je suis surprise que vous n'ayez pas un jet privé.

Comme il s'abstenait de répondre, elle lui lança un regard soupçonneux.

— Vous en avez un, n'est-ce pas ?

— Je l'ai hérité. Mes employés l'utilisent. Mes invités aussi.

— Mais pas vous. Pourquoi ?

Il se concentra sur la conduite.

— Mon père, qui était très fier d'avoir son brevet de pilote, s'est écrasé dans les Alpes avec son Cessna. Ma mère et mon frère étaient à bord.

— Oh non ! Ils ont… survécu ?

— Non, répliqua-t-il platement.

— Je suis désolée.

— Nous n'étions pas particulièrement proches.

— Je comprends que vous ayez peur…

— Je m'abstiens de prendre l'avion, c'est tout.

Elle hésita.

— Il existe des programmes pour aider les gens à surmonter…

— Je sais, coupa-t-il. J'en étais à ma troisième séance, il y a trois ans, quand ma sœur est morte dans un crash aérien en Amérique du Sud. Toute ma famille a disparu dans des accidents d'avion, mademoiselle Brown. Vous comprenez pourquoi je préfère la terre ferme.

— Pardon… C'est terrible, je sais.

Non, vous ne savez rien, songea-t-il.

Pourtant, elle aussi avait perdu ses parents.

Rosalie se tourna du côté de la fenêtre, mais il eut le temps d'apercevoir une larme sur sa joue. Elle avait pitié.

Que penserait-elle si elle connaissait la vérité ? Il avait causé la mort des siens… Indirectement, certes. Malgré tout, il était responsable.

Sa sœur Margaret, la seule fille et l'enfant du milieu, avait toujours été de son côté. Elle pacifiait l'atmosphère dans une famille où régnait la colère. Thomas, le frère aîné et l'héritier, avait tous les défauts de leurs parents. Irascible, il se plaignait constamment et hurlait à la moindre contrariété. Alex, le plus jeune, avait appris à refouler ses rancœurs sous le silence et les sarcasmes.

Puisque le titre de noblesse et la direction de la firme familiale devaient revenir à Thomas, Margaret s'était plongée dans les livres et la recherche. Alex avait fui lui aussi dans l'étude de la viticulture, à l'université de Cornell, aux États-Unis, en rêvant de commercialiser son propre vin en Amérique. Après sa licence, il avait promis à sa mère de rentrer pour les vacances de Noël, pour la consoler du départ de Margaret, en mission en Antarctique. Finalement peu disposé à affronter l'ambiance familiale orageuse, il avait changé d'avis au dernier moment et était resté à New York.

Dépités de se retrouver seuls tous les trois, ses parents et son frère aîné étaient partis aux sports d'hiver dans les Alpes.

Après leur mort tragique, Alex ne voulait plus remonter en avion, même pour un vol commercial. Au bout de quelques années, Margaret, qui s'était d'abord montrée compréhensive, l'avait poussé à suivre une thérapie pour résoudre son problème.

Il vivait à cette époque en Italie, où il s'occupait de gérer le vignoble que les Falconeri possédaient depuis plusieurs générations. Il se reprochait de ne pas suivre de plus près l'établissement bancaire que leur mère leur avait légué et qui leur rapportait de gros bénéfices. Il était même sur le point de vendre leurs parts au plus offrant quand Margaret lui avait téléphoné depuis l'Antarctique pour le raisonner.

— Tu n'as pas le droit de dilapider notre héritage. Promets-moi d'assister à l'assemblée générale des actionnaires à Boston, dans quinze jours.

— D'accord, avait consenti Alex de mauvaise grâce.

Quand Margaret l'avait rappelé, la veille de la réunion,

il était toujours en Italie et n'avait pas la moindre intention de se rendre aux États-Unis.

Sa sœur s'était fâchée.

— Eh bien, j'irai, même si cela ne m'arrange pas. Tu aurais dû me prévenir.

— Je suis désolé…

— Désolé ou pas, tu m'as menti en ne respectant pas tes engagements. Tu m'as déçue, Alex. Je te passerai un coup de fil de Boston.

C'était la dernière fois qu'il avait parlé à sa sœur.

Tout le monde disait que les deux accidents n'avaient rien à voir. Son père pilotait un jet privé en état d'ivresse, et se disputait avec sa femme et son fils alors qu'il était aux commandes. Margaret était à bord d'un vol commercial à destination du Chili quand un impact d'oiseau avait bloqué les réacteurs. Il n'y avait pas de lien entre les événements.

Alex était convaincu du contraire.

Le lien, c'était *lui*.

S'il avait été honnête avec lui-même, il serait allé à Boston en bateau, ou il aurait clairement dit à sa sœur qu'il n'avait pas l'intention d'assister à la réunion des actionnaires. Il avait trahi sa promesse, comme avec sa mère.

À l'enterrement de Margaret, à Venise, Alex avait fait le serment solennel de plus jamais rompre une promesse. Sous aucun prétexte.

L'établissement bancaire avait été vendu. Il avait touché une somme d'argent considérable et s'était retiré dans son vignoble avec l'objectif de produire un vin fabuleux, comme si c'était sa planche de salut.

Un mois plus tard, il épousait Chiara Vulpato…

Tandis qu'il traversait la campagne française au volant de sa Lamborghini, Alex observa à la dérobée la belle jeune femme assise à côté de lui. Bercée par le ronronnement du moteur, elle s'était assoupie, les bras tendrement posés sur son ventre.

Rosalie avait l'impression de comprendre la douleur d'Alex parce qu'elle aussi était orpheline. Mais elle n'était pas responsable de la mort de ses parents.

Elle n'avait aucune idée de ce qu'il éprouvait.

Beaucoup plus tard, en arrivant à son palace parisien préféré, Alex resta quelques instants à contempler sa beauté sensuelle. Il la désirait.

Mais elle était hors d'atteinte.

De toutes les femmes sur terre, c'était la plus inaccessible. L'enjeu était trop élevé, avec un enfant qui les lierait pour le reste de leur existence. C'était une romantique qui croyait à l'amour. S'il la séduisait, Alex lui briserait le cœur et ruinerait à jamais sa vie. Comme il l'avait déjà fait pour tant de gens.

Il coupa le contact, sans cesser de la regarder. Elle avait des cernes de fatigue sous les yeux. Il se rappela la manière dont elle lui avait sauté au cou pour le remercier, à Venise, après avoir eu gain de cause. *Merci. Vous êtes un homme bon.*

Quel contraste avec son expression horrifiée en le voyant au restaurant de sa tante aujourd'hui ! Après avoir exaucé son rêve, il le lui reprenait…

Il ne pouvait pas lui abandonner son enfant. Il n'était pas non plus l'homme qu'il lui fallait et ne se remarierait pas.

Il pouvait néanmoins la réconforter, la consoler de ses malheurs. Enceinte de sept mois, elle s'était fait faire un passeport et avait traversé l'océan Atlantique pour la première fois de sa vie. Elle méritait d'être au centre de ses attentions. Il eut une idée en se souvenant du roman d'Agatha Christie, dans ses bagages…

— Nous sommes arrivés, dit-il en lui secouant doucement l'épaule.

— Où cela ?

— À Paris. À notre hôtel.

Rosalie étouffa un bâillement.

— Quelle heure est-il ?

— 3 heures du matin.

Il lui sourit.

— Je peux vous porter dans mes bras, si vous voulez.

Elle sursauta.

— Non, je suis réveillée.

Alex descendit de voiture, tendit les clés au voiturier et conduisit Rosalie à l'intérieur en se répétant ses bonnes résolutions. Il lui faciliterait l'existence, mais ne la séduirait sous aucun prétexte. Il était parfaitement capable de résister à ses pulsions.

Le réceptionniste lui proposa sa chambre habituelle, mais Alex demanda une suite avec des pièces séparées. Il était solide, mais connaissait aussi ses faiblesses.

Devant la beauté sensuelle de Rosalie, il n'était qu'un homme.

Rosalie entrouvrit les paupières, puis s'éveilla tout à fait. Le soleil qui filtrait à travers les rideaux jetait une lumière dorée sur la décoration luxueuse de sa chambre d'hôtel aux murs tapissés de soie. Une horloge élégante trônait sur le manteau de la cheminée. Il était presque midi.

Elle avait mieux dormi qu'elle n'aurait imaginé. Alex avait insisté pour lui laisser le lit et s'était installé sur le canapé. Toutes les suites étaient occupées.

Mais votre chambre habituelle est disponible, monsieur le comte, avait annoncé le réceptionniste. *La 847.*

Alex avait signé le registre en soupirant et conduit lui-même Rosalie à l'étage. Subjuguée par tant de luxe, Rosalie avait marqué un temps d'arrêt devant le grand lit double.

— Il est pour vous, avait dit Alex.

Quand elle avait essayé de refuser, il avait fait mine de la porter dans ses bras et elle avait eu peur de la lueur qui brillait dans ses yeux. Elle avait déjà eu du mal à supporter sa proximité physique dans l'espace confiné de la voiture. Après avoir fait semblant de dormir, elle avait fini par s'assoupir vraiment.

Dans l'intimité de la chambre, c'était pire. Après être passée dans la salle de bains pour mettre sa chemise de nuit et se brosser les dents, elle s'était couchée en ramenant les draps sous son cou. Dans l'obscurité, elle avait entendu Alex se déshabiller. Les lumières étaient éteintes, mais elle avait une conscience aiguë de son corps et de ses moindres gestes.

Plus fatiguée qu'elle ne croyait, elle avait finalement sombré très vite dans le sommeil. À présent, elle se sentait coupable de se réveiller si tard.

— Alex ?

Il apparut par la porte qui ouvrait sur le balcon.

— Bonjour.

Rasé de frais, les cheveux encore humides après la douche, il s'était changé et portait une chemise et un pantalon gris anthracite. Inconsciemment, elle s'humecta les lèvres et passa les doigts dans ses cheveux emmêlés.

— Pourquoi m'avez-vous laissée dormir aussi tard ?

Il l'enveloppa d'un regard chaleureux.

— Vous en aviez sûrement besoin.

Avait-elle l'air si fatigué ?

— Je suis désolée. La route est longue jusqu'à Venise…

— Nous ne sommes pas pressés, remarqua-t-il, énigmatique. C'est votre premier voyage en Europe, n'est-ce pas ?

— Oui.

Il s'approcha et elle se recroquevilla sous la couverture.

— J'ai préparé un programme.

— Ah bon ? bredouilla-t-elle en rougissant.

— Avez-vous eu le temps de visiter Paris à l'aller ?

— Euh, non…

En débarquant à l'aéroport Paris-Charles de Gaulle, elle avait sauté dans le premier train pour Rennes, où elle avait pris une correspondance pour aller jusque chez sa grand-tante.

— Levez-vous.

Elle obéit avec une certaine nervosité, un peu honteuse de sa vieille chemise de nuit.

— Je n'ai plus rien à ma taille, s'excusa-t-elle.

— Je vous achèterai de nouveaux vêtements.

Elle ouvrit la bouche pour protester, puis se ravisa en se remémorant les conseils de sa grand-tante. *C'est à lui de payer pour tout.* En plus, Alex Falconeri avait l'habitude de fréquenter des femmes à l'élégance irréprochable…

— S'il le faut…

— Oui, mais pas aujourd'hui. Aujourd'hui, je vous fais visiter Paris.

En sortant du palace cinq étoiles sur les Champs-Elysées, ils montèrent dans une Rolls-Royce de location avec chauffeur.

— Où est votre Lamborghini ? demanda Rosalie, étonnée.

— Je l'ai expédiée à Venise, répondit-il sans plus d'explications.

Rosalie passa une journée de rêve. Après un déjeuner au restaurant de la tour Eiffel, ils allèrent au Louvre pour une visite commentée, à l'Arc de triomphe et à Saint-Germain-des-Prés, puis flânèrent à pied dans le Marais. Alex ne tarissait pas et racontait toutes sortes d'anecdotes sur des lieux et des personnages historiques.

— Où avez-vous appris tout cela ? demanda Rosalie au soir tombant.

— J'ai vécu ici, il y a longtemps, pour suivre des cours d'œnologie.

De plus en plus captivée, elle fixait le dessin de ses lèvres sensuelles tandis qu'il lui expliquait la grande crise du phylloxéra de 1871.

— Cela vous intéresse vraiment ?

Elle hocha la tête, fascinée, et il poursuivit son récit.

— La plupart des vignobles français étant détruits par la maladie, un Américain eut l'idée un peu folle d'importer un porte-greffe du Texas. Ce cow-boy fut décoré de la Légion d'honneur par le gouvernement français…

Elle regardait sa bouche en se demandant ce qu'elle ressentirait s'il l'embrassait.

— Rosalie, ne faites pas cela, dit-il soudain d'une voix rauque.

Elle leva les yeux.

— Quoi ?

— Je veux prendre soin de vous, mais il y a certaines choses que je m'interdis.

Il se tourna abruptement vers la portière.

— Nous sommes presque arrivés.

Elle devint cramoisie d'humiliation. Pourquoi trahissait-elle constamment son désir et n'arrivait-elle pas à le contenir ? Ils avaient partagé une journée merveilleuse. Alex se comportait en parfait gentleman et elle venait de tout gâcher.

Elle se mettait continuellement dans des situations embarrassantes, obligeant Alex à redéfinir leur relation.

Elle ne serait jamais plus que la mère de son enfant, au mieux une amie, avec un peu de chance…

Elle contempla les lumières du crépuscule.

— Merci pour cette visite de Paris.

La voiture s'arrêta gare de l'Est.

— Nous dînerons dans le train, annonça Alex.

Il éclata de rire devant son expression.

— Suivez-moi, dit-il en se chargeant des deux sacs.

En arrivant sur le quai, elle n'en crut pas ses yeux.

— Nous prenons… l'Orient-Express ? s'exclama-t-elle, médusée.

— En voyant le roman que vous lisiez, j'ai pensé…

Spontanément, elle se hissa sur la pointe des pieds pour l'embrasser.

C'était un simple baiser de gratitude, pour le remercier de toutes ses gentillesses. Il avait bouleversé ses plans pour lui faire plaisir. Malgré tout, leurs lèvres s'effleurèrent et elle sentit comme une décharge électrique. Elle s'écarta vivement mais leurs regards demeurèrent rivés l'un à l'autre.

Alex laissa tomber les sacs sur le quai. Puis il prit le visage de Rosalie entre ses paumes et se pencha pour capturer sa bouche.

Ce baiser ne ressemblait pas du tout à l'autre. Il était brûlant et plein de fougue. La tête de Rosalie lui tourna tandis qu'Alex, l'homme le plus beau et le plus séduisant qu'elle ait jamais rencontré, la pressait contre son corps puissamment musclé.

Des myriades d'étoiles explosèrent sous ses paupières closes.

— Que se passe-t-il ? demanda-t-elle, tout étourdie.

— Tu ne devines pas ? répliqua-t-il en lui caressant la joue. J'ai envie de toi, Rosalie.

L'espace d'un instant, elle se perdit dans le feu ardent

de son regard. Puis elle entendit un sifflet et un contrôleur les interpella, d'abord en français puis en anglais.

— En voiture, les amoureux !

— Il faut monter, dit-elle gauchement.

— Oui, j'ai entendu, répliqua Alex avec un petit sourire.

Il la précéda et lui tendit la main, qu'elle saisit avec l'impression de tomber dans un univers parallèle. Alex Falconeri, comte di Rialto, l'emmenait à Venise à bord de l'Orient-Express. Il l'avait embrassée et la désirait. Elle devait rêver ou être en proie à une hallucination !

Quand il la prit par la taille, elle frissonna, partagée entre le désir et la crainte.

5.

Il n'aurait jamais dû l'embrasser.

Alex se reprocha toute la soirée cette faiblesse qu'il jugeait méprisable. Après s'être installés dans leurs compartiments respectifs, ils dînèrent au wagon-restaurant. La tension sexuelle qui alourdissait l'atmosphère rendait la conversation malaisée. Une question muette se lisait dans les yeux de Rosalie.

Que signifiait ce baiser ? Et surtout, cela se reproduirait-il ?

Incapable de lui offrir l'amour et le mariage dont elle rêvait, Alex ne s'autoriserait pas à la séduire. Il désirait néanmoins sincèrement la rendre heureuse. La journée de tourisme à Paris l'avait charmée, elle était contente de venir avec lui en Italie et il avait réussi à se tenir sagement à l'écart, physiquement et émotionnellement.

Tout allait parfaitement bien jusqu'à ce qu'il gâche tout par ce baiser à la gare de l'Est.

Pourquoi n'avait-il pas gardé son sang-froid ? Il n'avait pas résisté à l'élan de gratitude de Rosalie…

Il avait grand besoin d'une douche froide, mais son compartiment n'avait pas de salle de bains privative. Déterminé à conserver ses distances, surtout la nuit, il n'avait pas loué la grande suite pour deux personnes, avec sa décoration fabuleuse des années 1920.

Il ne voulait pas renouveler la fâcheuse expérience de

l'hôtel. Il avait très mal dormi sur le canapé, se tournant et se retournant en pensant à la très belle femme couchée tout près dans le grand lit.

Il avait vécu une véritable torture.

Le supplice s'était prolongé au cours de la journée, pendant qu'ils visitaient Paris assis côte à côte sur la banquette arrière de la Rolls. Il avait beaucoup parlé. Il n'avait jamais été aussi volubile.

Non, Alex ne séduirait pas Rosalie. Il fallait la préserver. Il ne voulait pas lui briser le cœur. Leur enfant ne souffrirait pas de leur mésentente.

Il avait eu des parents qui se haïssaient et se disputaient continuellement en brandissant des menaces de divorce. Sa mère hurlait, cassait la vaisselle et jetait tout ce qu'elle avait sous la main à la tête de son mari, chaque fois qu'elle lui découvrait une nouvelle liaison. Son père criait que tout était de sa faute parce qu'elle buvait. Ils s'accusaient mutuellement d'adultère et de cruauté mentale, mais restaient ensemble *pour les enfants*. La presse people adorait le comte et la comtesse di Rialto. Déjà célèbres pour leur richesse et leur beauté, devenus les Liz Taylor et Richard Burton italiens, ils défrayaient la chronique avec leur guerre conjugale sans merci.

Les enfants avaient enduré un désastre permanent.

Alex s'était juré d'être différent, de ne jamais vivre de drame passionnel. Il s'était fixé des règles strictes et obéissait scrupuleusement à son code d'honneur. Il n'avait pas commis un seul écart au cours des trois dernières années. Mieux valait ne pas éprouver d'émotions que risquer le chaos.

Il n'aurait jamais dû l'embrasser.

À présent, il payait le prix de son erreur. Un désir

brûlant le ravageait. Rosalie l'obsédait. Le souvenir de ses lèvres le hantait.

Il avait fallu beaucoup de force d'âme pour la laisser à la porte de son compartiment. Elle avait paru choquée, même blessée, quand il s'était courtoisement incliné, sans la toucher.

Il avait passé une mauvaise nuit, avec un sommeil entrecoupé de rêves sensuels.

Le lendemain, après un petit déjeuner continental composé de café et de croissants, il attendit midi pour retrouver Rosalie au wagon-restaurant, comme convenu.

Arrivé le premier, il regarda le paysage. La grisaille de Paris était loin derrière. Les sommets enneigés des Alpes étincelaient sous le ciel bleu. Autour de lui, les passagers du train prestigieux bavardaient avec animation. De nombreux couples fêtaient leur anniversaire de mariage.

Alex se sentit brusquement d'humeur maussade, mais tout s'illumina au moment où Rosalie apparut. Elle était vêtue d'une robe jaune et ses cheveux flottaient librement sur ses épaules. Les gens se retournaient sur son passage. Il se leva pour l'accueillir.

L'univers entier s'éclairait dès qu'Alex contemplait son doux visage et la courbe gracieuse de son cou.

— J'ai eu raison de mettre une robe et pas un jean, observa Rosalie. Tout le monde est très bien habillé…

— Quoi que tu portes, tu seras toujours la plus belle, murmura-t-il.

Elle esquissa un sourire timide tandis que l'air se chargeait d'électricité.

— Tu as bien dormi ? s'enquit-il.

— Très, très bien.

— Tu as rêvé ?

Elle rougit et baissa les yeux. Il se reprocha de l'embarrasser. Elle était si fraîche et innocente, malgré ses vingt-cinq ans… Combien avait-elle eu d'amants ? Trois ? Quatre ?

Heureusement, le serveur fit diversion en apportant le hors-d'œuvre, des artichauts à la barigoule.

— Où sommes-nous ? demanda Rosalie en commençant à manger.

— En Autriche, à la frontière italienne. J'ai un cousin qui habite par ici, dans la région des lacs.

— Tu le vois souvent ?

— Non, nous ne sommes pas du tout proches.

Ce n'était pas tout à fait vrai. Enfants, ils avaient passé des vacances d'été ensemble. Mais leurs parents s'étaient fâchés et l'occasion ne s'était pas représentée. L'espace de quelques semaines, Cesare avait été le grand frère dont Alex rêvait, à la place de Thomas qui l'ignorait ou le rudoyait. Il l'emmenait pêcher, faire du vélo ou de l'escalade. Cela avait été le meilleur été de toute la vie d'Alex.

Ensuite, il n'avait pas revu Cesare pendant des années. Son cousin avait bâti un immense empire hôtelier et provoqué un scandale en épousant une femme de chambre américaine. Dans leur milieu, on ne pardonnait pas les mésalliances.

Cesare était venu aux obsèques de ses parents et de son frère, mais ils n'avaient pas beaucoup parlé. Ensuite, Alex s'était retiré dans son domaine viticole, un peu coupé du monde. Quand il avait épousé Chiara, il avait invité son cousin en se réjouissant de leurs retrouvailles.

Emma l'accompagnait avec leurs deux enfants. Elle avait une véritable adoration pour Cesare qui vouait un amour attentif à sa petite famille. En voyant l'affection qui les liait tous les quatre, Alex n'avait pas pu s'empêcher de comparer leurs situations.

Déjà un peu ivre avant de prononcer ses vœux, Chiara

l'évitait ostensiblement pendant la réception. Il avait senti une fêlure, au fond de lui.

À partir de ce jour, il avait systématiquement refusé les invitations de Cesare, ignorant les cartes de Noël de la princesse Emma Falconeri et ses gentils mots manuscrits.

Alex, nous serions ravis que tu nous rendes visite !

Il n'avait aucune envie de séjourner dans leur manoir du lac de Côme pour être témoin de l'étalage de leur bonheur. C'était obscène et ridicule. Leur mariage ne durerait pas et ils divorceraient, comme tout le monde…

La voix de Rosalie le ramena au présent.

— Pourquoi n'as-tu pas de relations avec ton cousin ?

— C'est un homme d'affaires très occupé. En plus, il a une femme et des enfants.

Rosalie attendit patiemment qu'il s'explique davantage. Comme il gardait le silence, elle l'observa en plissant les yeux. Il commençait à s'agiter nerveusement sur sa chaise, mais on leur apporta un homard qu'elle dévora de bon appétit.

Le bœuf aux truffes qui suivit, accompagné de gnocchi, était divin, mais Alex se régalait davantage à regarder la femme assise en face de lui. Pour penser à autre chose, il ranima la conversation.

— Je n'ai pratiquement pas revu Cesare depuis mon enfance.

— Le lac de Côme n'est pourtant pas loin de Venise.

— Ils sont souvent à Londres et à Rome. Il est venu aux obsèques de ma sœur il y a trois ans, et aussi à mon mariage, un mois plus tard.

— Tu t'es marié très vite après la mort de ta sœur !

De nouveau, elle attendit une explication qui ne vint pas.

— Mon cousin et moi menons des vies très différentes, dit-il au bout d'un moment.

Elle le considéra curieusement.

— C'est quand même ta famille.

Alex haussa les épaules.

— Les liens du sang ne signifient rien pour moi.

Rosalie reposa sa fourchette, toute sa bonne humeur évanouie.

— C'est affreux de penser une chose pareille ! Ma grand-tante habite en France, à l'autre bout de la terre, mais je fais l'effort de lui écrire et de lui téléphoner ! Je ferais n'importe quoi pour elle. Elle est tout ce que j'ai !

Elle allait fondre en larmes. Alex lui prit la main.

— Ce n'est plus tout à fait vrai, dit-il doucement. Il y a notre fils, maintenant.

Elle se mit à trembler.

— Et toi ? chuchota-t-elle. Je t'aurai aussi ?

Il frissonna et la lâcha.

— Je n'aurais pas dû t'embrasser, Rosalie. C'était une erreur.

Rosalie froissa sa serviette sur ses genoux.

— Je ne comprends pas pourquoi tu as fait cela. Ce n'est sûrement pas par désir…

— Mais si ! protesta-t-il. Je te trouve infiniment désirable, plus que toutes les femmes que j'ai connues.

Pendant quelques secondes, leurs regards restèrent rivés l'un à l'autre. Puis, Alex secoua la tête.

— Mais je ne veux pas céder à l'attrait que tu exerces. Par égard pour toi.

Elle se raidit.

— Comment cela ?

— Pardonne-moi, mais il me semble que tu ne donnerais pas ton corps sans offrir ton cœur en même temps. Tu voudrais t'engager. Pour la vie. N'est-ce pas ?

Il retint son souffle. Sottement, il espérait qu'elle le détromperait. Peut-être s'insurgerait-elle contre son arrogance insupportable ? Ce serait tellement merveilleux si elle pouvait coucher avec lui sans se soucier de l'avenir…

— Tu as raison, répondit-elle finalement en ébauchant un sourire.

Cela ne le surprit pas, mais il n'en éprouva pas moins une déception inexplicable.

— Les relations physiques sans lendemain ne m'intéressent pas, poursuivit-elle. Je me sentirais trop vide. Je veux… beaucoup plus.

— L'amour, acquiesça-t-il.

— Un mariage comme celui de mes parents. Cela peut paraître stupide, mais c'est pour cela que j'ai attendu.

— Que veux-tu dire ? Tu n'es pas vierge…

— Si, avoua-t-elle en fixant la nappe d'un blanc immaculé.

Il fronça les sourcils, l'esprit confus, avec l'impression que le sol se dérobait sous sa chaise.

— Tu n'as jamais… connu aucun homme ?

Quand elle secoua la tête, il se mit à bredouiller.

— Ce n'est pas possible. Tu es *enceinte*.

— Oui… Je pensais que la clinique de fertilité écarterait ma candidature. Mais ta… Chiara a certainement payé le prix fort pour qu'on ferme les yeux.

Elle esquissa un sourire mélancolique.

— J'attendais vraiment le grand amour. Celui qu'on ne rencontre qu'une fois, qui dure toute la vie. C'est ridicule, non ?

Le cœur d'Alex battait à tout rompre. Rosalie portait son enfant. Pourtant, aucun homme ne l'avait encore touchée. Pas même lui. Elle était vierge.

Elle avait peur de son mépris.

— Rosalie, regarde-moi.

Elle obtempéra avec embarras et nervosité. Le croyait-elle capable de se moquer ? De la traiter de puritaine ?

Brusquement, elle se leva.

— Je sais ce que tu penses. Nous ne sommes plus à l'époque victorienne…

Il la rattrapa par le bras.

— Ton choix te fait honneur et je le respecte.

Elle se détendit un peu et se rassit.

— Vraiment ?

Alex hocha la tête.

— Pour toi, le sexe fait partie du mariage, au sein d'une relation privilégiée et exclusive.

— Oui.

— Ta conception correspond aux vœux solennels de la cérémonie. *Je jure fidélité jusqu'à ce que la mort nous sépare…* C'est pourquoi je n'ai jamais accepté le divorce avec Chiara, même si nous avons très vite cessé de dormir ensemble, même si elle m'a trompé pendant des années. Je n'ai jamais trahi mon engagement.

Rosalie entrouvrit les lèvres.

— Tu n'es pas resté chaste pendant…

— Si. Presque trois ans.

Se doutant comment ses amis auraient réagi, il n'avait jamais fait cette confidence à personne.

Rosalie ferma les paupières, comme sous la violence d'un coup.

— Je comprends seulement maintenant, murmura-t-elle.

Tout s'éclairait.

Depuis leur départ du Mont-Saint-Michel, Rosalie luttait contre le désir que lui inspirait Alex Falconeri. Quelle femme aurait résisté au charme d'un homme tel que lui ? Fabuleusement beau, sexy, séduisant… Mais il ne pouvait pas éprouver la même chose. C'était inimaginable.

Malgré tout, elle avait surpris des regards à la dérobée. Et le baiser qu'ils avaient échangé à Paris, sur le quai de la gare, lui avait coupé le souffle.

Elle avait vécu un instant magique, merveilleux. Un véritable tourbillon l'avait emportée, lui ôtant toute pensée cohérente. S'ils avaient logé dans le même compartiment, elle se serait offerte à lui.

Mais Alex n'avait pas cherché à la séduire et s'était même montré réservé. Incapable de trouver le sommeil, elle avait lu tard dans la nuit, s'attendant à tout moment à le voir apparaître pour s'expliquer. Elle avait passé la matinée à admirer le paysage et se promener dans le couloir. Tous les passagers souriaient avec des mines ravies. Manifestement, beaucoup d'entre eux réalisaient le rêve de leur vie. Elle n'osait même pas imaginer le prix du voyage.

Cela ne représentait probablement pas grand-chose pour Alex, qui s'était décidé par caprice, en remarquant le titre du roman d'Agatha Christie dans ses bagages. Sous la froideur et l'indifférence qu'il affichait, elle percevait une gentillesse qu'il s'efforçait de cacher. Il prenait soin d'elle parce qu'elle était enceinte de son bébé.

En tout cas, il n'éprouvait aucun désir pour la modeste Rosalie Brown, originaire de la ferme d'Emmetsville en Californie du Nord. Elle comprenait seulement maintenant ce qu'il se passait.

Il l'avait embrassée parce qu'il était frustré.

Un don Juan comme Alex Falconeri avait habituellement une sexualité épanouie. Or, il vivait comme un moine depuis plusieurs années. Elle ne s'étonnait plus des regards concupiscents qu'il lui jetait constamment.

— Comment cela, *tu comprends* ? lui demanda Alex.

— Tu n'avais pas vraiment envie de moi, quand tu m'as embrassée, chuchota-t-elle, gênée d'avoir cette conversation dans un lieu public. En fait, le célibat te pèse. N'importe qui ferait l'affaire. Il se trouve juste que j'étais là, disponible.

Il la considéra avec gravité.

— Tu le crois vraiment ?

Elle se remémora son fol élan de passion, quand il avait lâché les bagages pour la prendre dans ses bras. Pour quelle autre raison ce bel aristocrate milliardaire aurait-il jeté son dévolu sur une femme aussi ordinaire que Rosalie Brown ?

— Je ne suis pas ton genre, répliqua-t-elle.

— C'est-à-dire ?

— Blonde, filiforme. Imposante et sophistiquée.

— Tu viens de décrire Chiara, dit-il platement. Et elle ne m'a jamais attiré.

— Alors pourquoi l'as-tu épousée ?

— C'était un mariage de raison. Cela aurait pu marcher. Nous étions du même milieu et sa famille possédait une propriété qui jouxtait mon vignoble.

— Tu en parles avec un tel sang-froid ! On dirait une fusion d'entreprises.

— C'était exactement cela. Les sentiments ne rentraient pas en ligne de compte, ni pour elle ni pour moi. Elle en aimait un autre.

— Pourquoi s'est-elle mariée avec toi ?

— Parce que son père menaçait de la déshériter si elle gâchait sa vie avec un musicien désargenté.

— À t'entendre, on croirait qu'on se marie uniquement par intérêt. C'est horrible.

— Oui.

Il fut soudain insupportable à Rosalie que son bébé appartienne à ce milieu de gens cyniques et désabusés.

— Si j'avais su… Je n'aurais pas accepté de concevoir un bébé dans ces conditions, acheva-t-elle, la gorge serrée. J'aurais attendu d'avoir un mari en qui je puisse avoir confiance.

— Tu peux compter sur moi, Rosalie. Je te promets que je serai toujours là pour notre fils. Je ferai de mon mieux pour être un bon père.

Elle soupira en sachant ce que cette promesse lui coûtait.

— Merci.

Elle hésita.

— Et si je rencontre un jour un homme que j'ai envie d'épouser ?

Une ombre obscurcit les grands yeux d'Alex, puis il ébaucha un sourire.

— Je te demande seulement qu'il soit digne de mon fils. Et de toi.

Rosalie réfléchissait encore à ces paroles lorsque l'Orient-Express arriva en gare de Venise en fin d'après-midi. Le soleil couchant embrasait le ciel et la lagune, et le Grand Canal rougeoyait en face de la gare de Santa Lucia.

Alex l'aida à descendre du train.

— Mon chauffeur nous attend.

Elle contempla son visage sculptural, avec ses mâchoires carrées, ses pommettes hautes et ses yeux noirs impénétrables qui semblaient contenir tous les mystères de l'univers. Alex représentait une véritable énigme.

Il n'avait pas éprouvé de désir pour Chiara, dont la beauté touchait à la perfection. Était-il possible qu'il la désire, elle, Rosalie ?

Qu'avait-elle pour lui plaire ?

Elle s'interrogeait tandis que la vedette luxueuse les conduisait sur les canaux jusqu'au *palazzo* d'Alex. Pourquoi le comte di Rialto serait-il attiré par une femme tellement ordinaire qu'aucun homme n'avait jamais fait attention à elle ?

Ce n'était pas tout à fait vrai, s'avoua-t-elle. Au lycée, les garçons se disputaient ses faveurs. Ensuite, il y avait eu Cody, le fils des voisins, qui l'avait demandée en mariage. Ses parents étaient ravis, mais elle ne voulait pas en entendre parler et était partie s'installer à San Francisco. Accaparée par la vie citadine, elle n'avait plus eu le temps de s'occuper de sa vie sentimentale. Ses colocataires, qui allaient d'échec en échec, ne lui en donnaient pas très envie. Elle avait pourtant eu des propositions, de clients et de collègues. Personne ne la tentait vraiment. Par peur de faire souffrir, elle évitait d'attirer l'attention.

Le bateau s'amarra au ponton privé à l'arrière du *palazzo,* et Rosalie suivit Alex à l'intérieur. Finalement, peu importait qu'Alex la désire vraiment, puisqu'il regrettait de l'avoir embrassée. De toute manière, il n'avait pas l'intention de se remarier et elle ne voulait pas d'une aventure.

En arrivant au pied de l'escalier monumental, sous le grand lustre en cristal, Alex se tourna vers elle.

— Je vais te montrer tes appartements.

Il la conduisit à l'étage et ouvrit une porte au bout d'un long couloir. Un immense lit à baldaquin trônait au milieu de la chambre, dont le balcon fleuri donnait sur le canal.

— Cela te convient ?

Elle jeta un regard circulaire sur la décoration raffinée. Devant un petit secrétaire en bois précieux, une chaise capitonnée rappelait discrètement la teinte de la tapisserie. Une bibliothèque occupait tout un pan de mur, avec des volumes reliés en cuir. Le portrait d'une aristocrate en habits du XVIIe siècle ornait le dessus de la cheminée.

— Qui est-ce ? demanda Rosalie.

— Une de mes aïeules.

Alex ouvrit un grand placard.

— Pour tes vêtements.

— Je n'ai pas besoin de tant de place.

— Pour le moment peut-être, répliqua-t-il avec un sourire. Mais nous irons faire du shopping demain, après le rendez-vous médical.

Il leva la main quand elle commença à protester.

— Je suis désolé, Rosalie, mais tu ne peux pas vivre à Venise avec trois robes d'été et une paire de sandales. Le dîner sera servi dans une heure dans la salle à manger. Je te laisse te rafraîchir. Si tu as besoin de moi, ma chambre est juste à côté.

Il s'immobilisa sur le seuil.

— Merci d'être venue chez moi.

— Tu ne m'as guère laissé le choix, dit-elle en tremblant un peu.

Il secoua la tête.

— On a toujours le choix.

Il disparut à ces mots.

On a toujours le choix.

Rosalie médita ces paroles en s'attardant sous la douche. Elle brossa ensuite longuement ses cheveux et sortit sa dernière robe de son sac.

Alex avait peut-être raison… Sa vie avait changé et il était grand temps de l'accepter. En plus d'une nouvelle garde-robe, elle avait besoin d'appeler son patron et ses colocataires à San Francisco pour les prévenir qu'elle ne reviendrait pas. Pour l'instant en tout cas.

Car l'avenir restait plein d'incertitude. Combien de temps durerait son séjour vénitien ? Où irait-elle ensuite ? Comment Alex et elle s'organiseraient-ils pour la garde de l'enfant après la naissance ?

Tant de questions et si peu de réponses… Elle soupira, vérifia son reflet dans le miroir et descendit au rez-de-chaussée.

Elle s'immobilisa sur une marche d'escalier en apercevant une blonde vaporeuse qui parlait avec Alex et riait doucement, une main négligemment posée sur son torse.

Elle dut faire du bruit, car ils se retournèrent.

Rosalie s'empourpra. Une minute plus tôt, elle se trouvait presque jolie dans sa petite robe blanche. Maintenant, comparée à la silhouette sexy et élégante de la femme, elle avait l'impression d'être aussi grosse qu'une baleine.

Arrête, se dit-elle avec colère. Elle n'avait aucun droit sur Alex. Peu lui importait qu'une autre jette son dévolu sur lui.

Elle s'approcha en se forçant à sourire et tendit la main.

— Bonjour. Je suis Rosalie.

La blonde la dévisagea avec une expression stupéfaite et interrogea Alex en italien, très sèchement. Il lui répondit en anglais et elle poursuivit dans cette langue.

— Qui est-ce ?

La main de Rosalie retomba.

— Je suis Rosalie, répéta-t-elle. Rosalie Brown. Êtes-vous une amie d'Alex ?

— De Chiara, répondit la femme sur un ton dédaigneux.

— Rosalie et moi venons juste d'arriver, observa Alex, conciliant. Tu pourrais peut-être repasser une autre fois, Giulia ?

La visiteuse regarda ostensiblement le ventre de Rosalie.

— Le bébé est de toi ? demanda-t-elle avec un sourire mielleux.

— Évidemment, intervint Rosalie spontanément.

Giulia s'esclaffa.

— Quel cachottier ! Dire que tout le monde te plaignait

et critiquait Chiara ! En fait, son infidélité t'importait peu parce que tu faisais la même chose de ton côté.

— Vous vous trompez, s'indigna Rosalie. J'ai seulement rencontré Alex la semaine dernière. Je suis une mère porteuse. Le bébé a été conçu dans une clinique de fertilité en Californie, à la demande de Chiara.

— Vraiment ? lança Giulia, totalement sceptique. Chiara serait donc la mère biologique ?

— Non, admit Rosalie. Le bébé est à moi, mais l'idée est de Chiara…

— C'est absurde ! coupa Giulia. C'est l'histoire la plus ridicule que j'aie jamais entendue.

Elle s'adressa à Alex.

— Tu seras là demain, n'est-ce pas ? J'espère que *tes occupations* te laisseront le loisir d'assister au gala dédié à la mémoire de ta défunte épouse.

Elle jeta un regard sournois à Rosalie.

— Sinon, les gens croiront que tu as quelque chose à cacher.

— Je n'ai rien à me reprocher, dit Alex froidement.

Giulia pointa Rosalie du doigt.

— Amène-la ! Tout le monde sera content de la connaître.

Alex alla ouvrir la porte d'entrée.

— *Ciao*, Giulia.

— *Ciao.*

Alex revint vers Rosalie en levant les yeux au ciel.

— Tu viens de rencontrer Giulia Zanella, la meilleure amie de Chiara. Leur amitié ne l'a d'ailleurs jamais empêchée de me faire des avances pendant notre mariage. Même le soir des obsèques…

— Quelle horreur !

— Elle donne un gala demain soir en l'honneur de sa très chère et regrettée amie, pour récolter de l'argent en faveur des musiciens. Pour sa propre gloire en réalité, si tu veux mon avis…

— Tu ne comptes pas y aller ?

— Si je n'y assiste pas, on dira que j'ai honte de la situation, expliqua-t-il en regardant le ventre de Rosalie.

— Pourquoi a-t-elle refusé de me croire ?

— Cela l'arrangeait.

Il eut un sourire contraint.

— Il faut reconnaître que la vérité est un peu difficile à croire, non ? Il est plus plausible de penser que je t'ai séduite que d'accréditer la manigance de Chiara.

— Sérieusement ? Regarde-toi et regarde-moi.

— Eh bien ?

— Il est tellement improbable que je puisse te plaire, bredouilla-t-elle.

Un lourd silence tomba.

— Je te regarde, Rosalie, murmura enfin Alex en s'approchant.

Rosalie s'humecta les lèvres nerveusement.

— Tu es très belle. Et d'autant plus que tu ne cherches pas à l'être, reprit-il. Pourquoi ne veux-tu pas me croire ?

Elle flageola sur ses jambes. Il allait l'embrasser…

Il la prit par les épaules.

— Je suis désolé quc Giulia se soit montrée aussi grossière avec toi. Naturellement, il est hors de question que tu m'accompagnes à ce gala pour être la cible de ragots médisants.

Il la lâcha brusquement.

— Viens. Le dîner nous attend.

En le suivant à la salle à manger, Rosalie fut forcée d'admettre ce que son intuition lui soufflait depuis plusieurs jours. Elle ne savait pas pourquoi ni comment, mais…

Alex la désirait. Vraiment.

Il l'aida à s'asseoir en la dévorant des yeux. Elle avait beau se convaincre que le désir, entre eux, était interdit et qu'il ne fallait pas y céder, les paroles d'Alex résonnaient dans son for intérieur.

On a toujours le choix.

6.

Le lendemain matin après le petit déjeuner, Alex emmena Rosalie à la clinique privée du meilleur obstétricien de Venise.

Une émotion inattendue l'envahit quand il entendit battre le cœur du bébé et vit le sonagramme. Il eut même les larmes aux yeux et dut se détourner pour cacher son trouble. Pendant l'échographie, il prit la main de Rosalie qu'il pressa dans la sienne. Le médecin confirma la naissance pour le début du mois d'août.

Sinon, il faisait très attention de ne pas la toucher. C'était tentant mais trop dangereux.

Après la consultation, il entreprit de lui faire découvrir Venise. Ils commencèrent par la *piazza* San Marco et dégustèrent un espresso au *Caffè* Florian. Il connaissait toutes les boutiques de luxe et insista pour acheter tout ce dont le bébé et elle avaient besoin. Dès qu'elle protestait, il lui rappelait la promesse qu'il avait faite à sa grand-tante de s'occuper d'eux. Il l'obligea même à choisir une robe du soir dont elle n'avait aucune utilité. *Juste pour le cas où…*

— Et maintenant, chez le bijoutier !

Elle capitula sans regimber. Il gagnerait de toute façon et ce n'était pas si désagréable d'être couverte de cadeaux…

Une fois leurs emplettes terminées, pendant que le garde du corps se chargeait de porter les paquets au *palazzo*, ils explorèrent la ville dans ses moindres recoins. Intarissable, Alex connaissait l'histoire de Venise sur le bout du doigt. La Sérénissime avait été une république pendant mille ans. Déjà au Moyen Âge, à une époque, n'existaient tout autour que des royaumes féodaux.

Passionnée, Rosalie lui posa des questions sur les doges, ces magistrats élus par leurs pairs, et sur la chute de Venise à l'époque napoléonienne.

— Tant d'hommes ont guerroyé pour la posséder, observa Alex. Certains jusqu'à la mort. D'autres ont perdu la raison et sont devenus fous à force de désirer ce qu'ils ne pouvaient obtenir…

Rosalie devint rêveuse.

— C'est une ville magnifique.

— Oui, acquiesça-t-il.

Mais il l'avait toujours trouvée froide. Belle et froide, comme la demeure des Falconeri. Comme Chiara.

Rosalie, au contraire, était chaleureuse. À son contact, Alex se métamorphosait, devenait davantage lui-même, l'homme qu'il était réellement sous le titre, la fortune et les costumes de grands couturiers. Celui qu'il était quand il vivait à la campagne, dans sa propriété viticole, à une heure et demie de là.

Il ne s'était jamais senti chez lui à Venise. Pour de multiples raisons.

Ce fut seulement quand ils s'arrêtèrent pour déjeuner que Rosalie remarqua un groupe de gens derrière eux. Elle leur lança un regard nerveux au moment où le maître d'hôtel leur bloquait l'entrée.

— Ils nous suivent ? chuchota-t-elle.

— Oui, répondit Alex pendant qu'on les conduisait à sa table préférée, à l'arrière.

Même à l'intérieur de l'élégant *ristorante*, plusieurs

convives les dévisagèrent et une jeune femme prit une photo avec son portable.

— Pourquoi nous regarde-t-on ? demanda Rosalie, mal à l'aise.

Alex haussa les épaules.

— C'est normal. Je suis connu.

— Normal ? répéta-t-elle, choquée.

Malgré tout, pendant qu'ils savouraient leurs *spaghettis alle vongole*, Alex s'étonna lui aussi du nombre de badauds à l'extérieur.

Quand son garde du corps traversa la salle pour chuchoter à son oreille, il se leva brusquement et jeta quelques billets sur la table.

— Partons.

— Pourquoi ? Que se passe-t-il ? demanda Rosalie comme ils sortaient par l'arrière.

— Quelqu'un a posté une photo de nous sur les réseaux sociaux, expliqua-t-il sombrement. La rumeur enfle déjà sur Internet et à la télévision. On s'intéresse à toi. À notre soi-disant liaison croustillante pendant mon mariage.

— C'est ignoble !

— Oui, mais c'est comme cela, railla-t-il.

Son chauffeur Lorenzo les attendait et la vedette les ramena promptement et sans encombre au *palazzo*, par des petits canaux déserts et détournés. Collins les accueillit et referma soigneusement les grilles derrière eux.

Dans la cour intérieure, Rosalie poussa un soupir de soulagement.

— Comment peux-tu supporter cela continuellement ?

— J'en serais incapable. C'est la raison pour laquelle je vis la plupart du temps à la campagne.

— Toi ? À la campagne ? répliqua-t-elle avec étonnement.

— Parfaitement. Je suis vigneron. Je fais du vin.

— Ah bon ? Tu n'es pas un aristocrate milliardaire ?

— Pas seulement. Ma fortune m'autorise quelques loisirs, ironisa-t-il. Grâce à mes rentes, je n'ai pas peur de me ruiner les mauvaises années.

Il n'aimait guère se souvenir dans quelles circonstances il avait vendu la compagnie de sa mère et investi quelques millions dans de lucratifs fonds de placement. Il avait malheureusement perdu sa sœur dans les mêmes circonstances…

— Je ne cours pas après l'argent, continua-t-il. Le travail de la vigne me plaît beaucoup parce que le soleil et la pluie se moquent éperdument de mon titre de noblesse. C'est une activité authentique, bien réelle.

Rosalie leva les yeux vers les fresques du plafond.

— Tu habites pourtant ici, dans ton palais.

— Chiara vivait ici, pas moi. Elle appréciait la magnificence du décor, la proximité de son amant et la richesse de la scène musicale à Venise. Moi, je m'étais retiré depuis longtemps dans ma propriété viticole. Je suis seulement revenu ici le temps de remettre mes affaires en ordre.

— C'est-à-dire ?

— Il y a beaucoup de démarches à effectuer à la mort de quelqu'un. En plus, Chiara n'avait pas rédigé de testament. Toute sa fortune me revient de droit et elle doit se retourner dans sa tombe à cette idée. J'ai d'autres complications légales à gérer. Son amant laisse une veuve et des enfants.

— Il était marié ?

— Chiara lorgnait ma fortune à cause de cela. Sans quoi, Carraro refusait de quitter sa femme. À mon avis, il les voulait toutes les deux dans sa vie. Il n'avait aucune morale.

Rosalie resta sans voix.

— J'ai pas mal de dossiers à régler avec mon notaire et

mon avocat ces prochaines semaines. Ensuite, je retournerai chez moi… Mais si tu préfères vivre en ville, si tu t'y sens davantage chez toi, nous resterons ici, ajouta-t-il gentiment.

— Venise est magnifique, mais je n'y serai jamais chez moi, dit Rosalie, songeuse. À propos… J'ai téléphoné à mon patron pour donner ma démission. J'ai aussi laissé un message à mes colocataires. Mon loyer est payé jusqu'à la fin du mois, mais il faudra que j'enlève mes affaires.

— Mon personnel s'en chargera.

— Merci.

Elle soupira.

— Je me demande où je vivrai à l'avenir.

— Ici, avec moi.

— Pour l'instant, mais après la naissance…

— Ici, avec moi, répéta-t-il fermement.

— Au début, d'accord… Ensuite, il faudra que je m'installe quelque part de façon permanente.

De façon permanente… Pour Alex, la réponse ne changeait pas. Il n'envisagerait pas de gaieté de cœur que Rosalie déménage et risque de rencontrer un autre homme.

Mais comment lui dire cela alors qu'il ne pouvait pas lui offrir ce qu'elle voulait ?

— Cela te coûte de quitter San Francisco ? demanda-t-il.

— Non. Je ne m'y suis jamais sentie chez moi non plus.

— Où est-ce, chez toi ?

Une ombre de tristesse passa sur le visage de Rosalie.

— Emmetsville, j'imagine. Mais notre ferme n'existe plus. Elle a brûlé. Je l'ai revue en allant à l'enterrement de mes parents… Je n'y retournerai plus jamais.

— Pourquoi ?

Elle attendit un instant avant de répondre.

— Parce que mes parents sont morts à cause de moi.

— Comment serais-tu responsable d'un incendie de forêt ?

Elle se détourna et se dirigea vers l'escalier.

— Je suis fatiguée. Je vais me reposer un peu. À tout à l'heure, pour le dîner.

Malgré son envie d'en apprendre davantage, Alex réfréna sa curiosité. Il refusait parfois lui aussi de discuter de certains sujets, en particulier des catastrophes survenues à sa famille. Contrairement à Rosalie, il en était directement responsable. S'il laissait les souvenirs émerger, une angoisse monstrueuse l'étreignait…

— Je ne serai pas là ce soir, lui rappela-t-il.

Elle s'immobilisa sur la première marche.

— Ah oui, le gala.

— Oui. Maria te préparera ce que tu veux. C'est une excellente cuisinière.

Un petit frisson la parcourut.

— Tu es sûr de vouloir affronter seul cette horrible femme et ses amis ?

— *Cara*, la soirée ne sera pas agréable. Je ne veux pas t'infliger une corvée. Reste tranquillement ici.

— D'accord…

Elle paraissait hésitante.

— Tu viendras me dire au revoir avant de partir ?

— Si tu veux.

— Tu es inquiet ?

Il la réconforta d'un sourire.

— Pas du tout.

En vérité, il redoutait le scandale qui ne manquerait pas d'éclater. Mais pour rien au monde il n'aurait renoncé à assister à la soirée. Giulia et ses amis penseraient qu'il avait peur. Il ne voulait pas leur donner cette satisfaction.

Il passa le reste de l'après-midi au téléphone avec ses

conseillers juridiques et le gestionnaire du vignoble. Ensuite il monta sans entrain se préparer.

Après avoir pris une douche et revêtu son smoking, il hésita à frapper à la porte de Rosalie et finalement se ravisa. Il redescendit en serrant les poings et se servit un verre dans son bureau.

Son désir atteignait une telle intensité qu'il appréhendait de pénétrer dans sa chambre…

Réussirait-il à vivre sous le même toit, à la côtoyer quotidiennement ? Comment élèverait-il son enfant avec cette femme qu'il ne pouvait pas toucher et qui ne serait jamais à lui ?

Il arpenta la pièce rageusement. Comment résister à la violence de ses pulsions ? Il fallait trouver un exutoire.

Ses amis lui conseilleraient de prendre une maîtresse. Pourquoi pas ? Ce n'était pas une mauvaise idée, d'autant qu'il avait une foule d'admiratrices prêtes à lui tomber dans les bras.

Malheureusement, aucune ne le tentait.

Alex s'empoigna les cheveux à deux mains.

Il ne voulait que Rosalie, mais elle lui était interdite s'il ne voulait pas détruire ses chances de nouer une relation équilibrée qui leur permettrait d'élever leur enfant sereinement.

Il faudra que je m'installe quelque part de façon permanente.

Alex devait se rendre à l'évidence. Après la naissance du bébé, dans deux mois, Rosalie resterait encore un peu avec lui. Ensuite, il faudrait la laisser partir.

Il serait toujours le père de l'enfant, mais jamais le compagnon de Rosalie. Il serait obligé de redonner sa liberté à Rosalie. Elle trouverait alors un mari qui les aimerait tous les deux, elle et son bébé…

Ses doigts se resserrèrent sur son verre.

Il aurait voulu que l'amour n'existe pas. Rosalie lui plaisait, il la désirait mais ne voulait pas entendre parler de sentiments... Ils seraient bientôt parents et auraient pu très bien s'entendre comme partenaires. Ou amants. Peut-être même époux.

Ce serait tellement mieux pour l'enfant de grandir dans un foyer stable, entre un père et une mère qui ne se haïraient jamais parce qu'ils n'avaient jamais été amoureux... Dans le calme, sans cris ni menaces de divorce...

Si Rosalie n'était pas aussi sentimentale et fleur bleue...

La grande horloge sonna. Il était temps de partir.

— Alex.

Il entendit la voix de Rosalie en sortant du bureau.

Elle se tenait dans le hall, illuminée par la lumière dorée du crépuscule. Ses longs cheveux noirs retombaient en cascade sur ses épaules nues. La robe de cocktail de satin rose mettait joliment en valeur ses formes épanouies de femme enceinte et ses jambes bronzées.

Sa beauté le subjuguait. Elle avait l'air d'une déesse de la fertilité, symbole de la féminité et de la fécondité.

Certains hommes sont devenus fous à force de désirer ce qu'ils ne pouvaient obtenir...

Paralysé, il n'arrivait pas à détacher le regard. Il n'avait qu'une envie, la soulever dans ses bras pour la serrer contre lui et la remmener à l'étage, dans sa chambre.

— Pourquoi es-tu habillée ainsi ? demanda-t-il.

Elle lui sourit en battant des cils.

— Je ne pouvais pas te laisser affronter seul cette épreuve.

Il faillit refuser sa générosité. Mais cela aurait été discourtois.

En outre, il devait admettre qu'il préférait l'avoir à ses

côtés. Même si sa beauté sensuelle le torturait, le monde paraissait plus vivable avec elle.

Il inspira profondément et lui tendit son bras.

— Prête pour la fosse aux lions ? lança-t-il avec un enjouement forcé.

Rosalie émit un rire nerveux.

— Il y aura des gâteaux ? De la musique ?

— Bien sûr !

Il regarda ses doigts sur la manche de son smoking. Elle l'effleurait à peine, mais il tremblait presque. Après sa longue abstinence, cette femme le mettait dans un état indescriptible.

Son désir était réciproque. Il suffisait de regarder Rosalie pour s'en rendre compte. Il serait si facile de la conquérir ! Au lieu de sortir, il remonterait l'escalier avec elle et…

Non. Impossible. Elle rêvait d'amour et de mariage. Alex ne se déshonorerait pas en l'obligeant à renier son idéal.

Une pensée lui traversa l'esprit. S'il ne pouvait pas l'aimer, ne pouvait-il au moins l'épouser ?

Pourquoi pas…

Dans la cour, la tiédeur du crépuscule les enveloppa. Alex aida galamment la jeune femme à monter à bord du bateau qui fendit les eaux mauve et rose. Soulevés par la brise, les cheveux de Rosalie lui caressaient doucement la joue.

Ce n'était pas raisonnable de l'emmener, songea-t-il. Les amis de Chiara étaient sans pitié, cruels. Il était encore temps de retourner pour la laisser en sécurité au *palazzo.*

Mais les yeux de Rosalie resplendissaient dans les feux du couchant. Il n'avait pas envie de la quitter.

Il la voulait sienne. Ce soir et pour toujours. Et pas seulement dans son lit. Il voulait vivre avec elle. Pour donner à leur enfant un cadre de vie sécurisant. Rosalie avait eu la chance de grandir avec des parents qui l'aimaient. Elle saurait le guider pour qu'ensemble ils offrent une enfance heureuse à leur fils.

Il voulait que Rosalie soit sa femme, se dit-il. Et au diable les conséquences.

Rosalie était morte d'appréhension lorsqu'ils débarquèrent sur le ponton du *palazzo* où se tenait le gala. Elle se raccrocha au bras d'Alex pour parcourir sans trébucher les quelques mètres de tapis rouge jusqu'à l'entrée. De chaque côté, des hordes de paparazzis guettaient leur arrivée.

La perfidie de Giulia Zanella n'avait pas de limites. C'était son post sur les réseaux sociaux qui avait ameuté les badauds devant le restaurant, à midi. Alex n'osait imaginer ce que Rosalie et lui allaient endurer ce soir au milieu des anciens amis de Chiara, rassemblés pour honorer sa mémoire. Ils seraient tous persuadés de l'infidélité d'Alex, avec Rosalie dans le rôle de la maîtresse briseuse de ménage.

Dire qu'elle était vierge !

La vie était tellement injuste.

— Prête à braver l'adversité ? murmura Alex.

Elle hocha la tête courageusement, la tête haute, en ignorant les questions des paparazzis, dont certaines sonnaient comme des insultes.

Elle se détendit sans doute un peu trop tôt. Dès qu'ils franchirent le seuil, tous les regards se tournèrent vers eux, certains avec une franche hostilité, d'autres simplement curieux. Quelques hommes en smoking, manifestement des amis d'Alex, s'approchèrent pour lui parler, en italien. Ils s'étonnaient de sa présence en territoire ennemi et regardaient Rosalie avec commisération.

— Vous êtes venue ! s'écria Giulia en apparaissant brusquement devant eux, un rictus sur ses lèvres rouges.

— Bonsoir, répondit poliment Rosalie. Merci de m'avoir invitée.

— Ma chère, vous êtes l'attraction du jour ! Venez.

Prenant Alex par l'autre bras, elle les conduisit à travers l'immense salle. Tout le monde les suivait des yeux, avec des regards appuyés sur le ventre de Rosalie, qui avait envie de s'enfuir en courant. Impavide, Alex écoutait sans répondre les quolibets lancés sur leur passage.

— Je vous ai placés ici, glapit enfin la blonde incendiaire. Vous serez tranquilles et pourrez dîner en amoureux.

Ils avaient une table pour deux, juste sous le podium, alors que tout autour on avait installé les convives par groupes de dix.

Sans commentaire, Alex tira la chaise de Rosalie.

— Alex, après le dîner, tu voudras bien monter sur scène et dire quelques mots à la mémoire de Chiara, n'est-ce pas ? susurra Giulia avec un sourire vengeur.

Si elle croyait le mettre en difficulté, elle fut déçue.

— Naturellement, répondit-il avec le plus grand calme. Rappelle-moi le nom de votre association, s'il te plaît ?

— La Ligue pour la Promotion des Arts Musicaux à Venise. Chiara était une généreuse bienfaitrice.

Le visage d'Alex ne trahit absolument rien.

— Très bien.

Il s'assit à côté de Rosalie, rouge d'indignation.

— Il ne manque plus qu'un projecteur au-dessus de notre table !

Il posa une main sur la sienne.

— Tu vas tenir le coup ?

— Oui, soupira-t-elle. Dans un sens, je préfère être seule avec toi. Mais c'est tellement injuste ! Ils se comportent tous comme si tu étais coupable alors que tu n'as rien fait de mal.

— Cela ne servirait à rien de se battre. On pourrait leur montrer un rapport de la clinique que cela ne changerait rien. Les gens croient ce qu'ils veulent croire. De toute façon, qui t'a dit que la vie était juste ?

— Mes parents, répliqua-t-elle en se détournant, les larmes aux yeux. Ils m'ont appris que la gentillesse et l'honnêteté étaient toujours récompensées.

— J'ai eu une éducation très différente. Dans ma famille, c'était « Tuer ou se faire tuer ».

— Oh !

— J'exagère à peine…

Loin d'être gastronomique, le repas était essentiellement composé de charcuterie et de viandes froides accompagnées de salades diverses.

— Chiara se passionnait pour la musique ? interrogea Rosalie.

— Surtout pour un musicien, ironisa Alex.

— Tu la détestais ?

— *Elle* me détestait. Moi, elle me laissait indifférent. C'est ce que j'aimais, d'ailleurs.

Rosalie ne comprenait pas ce qu'il voulait dire, mais admirait son sang-froid. Après le café, pendant que Giulia faisait un discours en italien, elle scruta ses traits indéchiffrables, sur lesquels flottait un vague sourire.

C'était un homme qui maîtrisait parfaitement ses émotions. Un homme bon, songea-t-elle. Une pensée l'envahit à son corps défendant, terriblement tenace.

Elle aurait aimé qu'Alex soit à elle.

Elle aurait aimé avoir un mari comme lui. Aussi solide, loyal et honorable.

Rosalie sursauta quand Giulia abandonna l'italien pour l'anglais.

— Et maintenant, le mari de Chiara, le comte di Rialto,

va recevoir le prix. Il est venu avec son amie enceinte ! ajouta-t-elle sournoisement.

Rosalie s'empourpra lorsque sa pire crainte se réalisa et qu'on braqua un projecteur sur eux.

— Ne sois pas timide, Alex, poursuivit Giulia. Rejoins-moi sur la scène.

Le silence se fit dans l'auditoire pendant qu'Alex montait sur le podium.

— Merci, commença-t-il en souriant. Je sais l'importance que la musique occupait dans la vie de Chiara. Elle avait choisi d'habiter Venise pour ne manquer aucun concert et appréciait tout particulièrement le talent et les performances de Riccardo Carraro.

Il haussa la voix en balayant la salle d'un regard assuré.

— C'est pourquoi j'ai décidé de léguer toute la fortune et les biens de ma défunte femme en faveur des musiciens de Venise, avec un versement d'un million d'euros pour l'épouse de Carraro...

Un tonnerre d'applaudissements accueillit sa déclaration. Bouche bée, Giulia lui remit le trophée en cristal et il l'embrassa sur la joue comme pour dire « Échec et mat ».

Quand il redescendit, ceux qui l'avaient insulté et écrasé de leur mépris s'avançaient maintenant pour lui serrer la main et le remercier de sa générosité. Quelle inconstance ! Le pouvoir de l'argent effrayait Rosalie.

— Allons-nous-en, dit Alex en la rejoignant.

Elle se leva et accepta sa main tendue avec gratitude.

Ils fendirent la foule sans s'arrêter, jusqu'à ce qu'une petite brune leur barre littéralement le passage pour parler à Alex.

— Oui, lui répondit-il en anglais. J'étais tout à fait sincère.

— Merci, merci infiniment, s'écria la femme, émue

aux larmes. Mon mari ne nous a rien laissé et nous avons deux filles…

— *Signora*, je suis heureux de pouvoir vous aider. Mon notaire vous contactera dès demain.

Puis il se dégagea pour se hâter vers la sortie.

— C'était la veuve de Carraro ? demanda Rosalie.

— Oui. La pauvre a beaucoup souffert de la situation.

Ils quittèrent le *palazzo* par une porte dérobée et marchèrent un instant en silence.

— Je comprends que tu fasses don de la fortune de Chiara, observa Rosalie pensivement. Mais tu as tellement investi dans le vignoble !

— Je compte le racheter au prix du marché et redistribuer l'argent aux musiciens.

— Pourquoi racheter ce qui est déjà à toi ?

— Pour me sentir libre. Je ne veux rien devoir à Chiara.

— Tu es vraiment incroyable ! s'exclama-t-elle, la gorge serrée. Avec toi, je vais de surprise en surprise. Pourquoi faut-il que tu sois extraordinaire ? Tu ressembles tellement à l'homme de mes rêves… Celui que je n'aurai jamais. Ce n'est pas…

Elle s'interrompit avant de prononcer le dernier mot. Non, la vie n'était pas juste.

Alex la prit brusquement dans ses bras.

— Mais tu m'as, Rosalie. Je suis à toi, si tu veux de moi.

Il se pencha pour l'embrasser passionnément et elle répondit avec une fièvre égale à la sienne, sur le petit pont de pierre au clair de lune.

Quand il s'écarta, ce fut pour prononcer des mots qu'elle n'aurait jamais imaginés.

— Épouse-moi, Rosalie.

Elle étouffa une exclamation de surprise.

— Tu disais que tu ne te remarierais jamais…

— Je n'en avais pas l'intention. Mais je te veux dans ma vie. Et pas seulement pour une nuit. Tu es la mère de mon enfant. Je ne veux pas que tu te maries un jour avec un autre. Je veux que tu sois à moi pour toujours.

Pour toujours. Le cœur de Rosalie bondit dans sa poitrine.

— Mais tu… tu ne m'aimes pas.

— Pas comme dans tes rêves, murmura-t-il. Notre mariage ne sera pas un conte de fées. Mais nous éprouvons du désir l'un pour l'autre.

Il la serra contre lui.

— Nous pouvons être heureux ensemble. Nous élèverons notre fils et serons de bons parents. Nous avons de l'estime l'un pour l'autre. Nous nous entendrons bien. Dans la vie. Et au lit.

Fascinée par ses paroles, Rosalie se mit à trembler.

— D'accord, acquiesça-t-elle, sans même s'en rendre compte.

Alex cligna les paupières et la lâcha.

— Réfléchis d'abord, Rosalie. Pourras-tu vraiment être heureuse sans le grand amour dont tu rêves ? Les vœux du mariage sont pour moi indissolubles. Je ne divorcerai pas.

Le sang afflua aux tempes de Rosalie.

Était-elle en train de commettre une terrible erreur ? Une partie d'elle-même, terrifiée, refusait de se précipiter, mais une autre voulait Alex, à n'importe quel prix.

Elle avait envie d'une vraie maison et savait qu'elle ne retournerait jamais à Emmetsville. Elle en avait assez de se sentir triste et de s'inquiéter pour l'avenir. *Pense d'abord aux autres et tu seras heureuse*, avait coutume de dire sa mère. Quelle meilleure façon d'obéir à ce précepte que de penser d'abord à son enfant ? Pour assurer son bien-être, elle devait épouser son géniteur.

Certes, elle aurait préféré un mariage d'amour. Ne s'était-elle pas précisément enfuie à San Francisco pour ne pas se contenter d'un pis-aller ?

Mais à la mort de ses parents, une petite lumière s'était éteinte. Elle n'était plus sûre de trouver un jour cet amour dont elle rêvait. Elle doutait même de le mériter.

C'est alors qu'elle avait répondu à l'annonce de la clinique, dans l'espoir de se rendre utile, d'aider quelqu'un.

Combien de fois au cours de l'année écoulée avait-elle regretté d'avoir éconduit Cody Kowalski ? Juste parce que le niveau de ses exigences était trop élevé…

Ses parents avaient payé très cher le prix de son égoïsme. Elle ne devait pas recommencer la même erreur avec son bébé, qui pâtirait cruellement de la situation si elle refusait la proposition d'Alex. Il fallait être raisonnable et cesser de s'accrocher à un rêve de bonheur impossible.

Nous pouvons être heureux ensemble. Nous élèverons notre fils et serons de bons parents. Nous avons de l'estime l'un pour l'autre.

Oui. Son bébé méritait un environnement stable.

Nous nous entendrons bien. Dans la vie. Et au lit…

Rosalie frissonna. Pourquoi hésiter ?

— Je ne suis pas homme à m'épancher facilement et à exprimer des sentiments, reprit Alex. Si c'est ce que tu recherches…

— Non, coupa-t-elle.

Elle avait besoin d'une maison et d'un compagnon. Un amant lui suffirait. Il ne fallait plus rêver à l'inaccessible étoile. Il était déjà miraculeux qu'Alex veuille l'épouser. Elle n'avait pas le droit d'exiger davantage.

Rosalie posa une main sur sa joue.

— D'accord, Alex. Marions-nous.

Il fit glisser sa paume sur ses lèvres pour y déposer un

baiser, et un frisson la secoua tout entière. Puis, il l'étreignit et l'embrassa. Ses derniers doutes s'évanouirent. Tel un soleil dispersant la brume, Alex Falconeri avait le pouvoir de dissiper ses craintes et ses angoisses.

7.

Trois semaines plus tard, Rosalie examinait son reflet dans la glace en retenant son souffle.

Sa robe de mariée était très simple, un long fourreau blanc coupé en biais, avec un corsage décolleté retenu par de fines bretelles. Un voile de dentelle retenait en arrière ses cheveux soyeux qui retombaient sur ses épaules. Elle faisait une très belle mariée enceinte.

Sauf que la peur et l'inquiétude se lisaient dans ses yeux. Elle avait déjà retouché trois fois son maquillage parce qu'elle n'arrêtait pas de se mordre les lèvres.

Si seulement elle avait eu quelqu'un auprès d'elle pour la rassurer, ses parents ou une amie d'enfance… Odette, la seule personne qui aurait pu assister à la cérémonie, ne l'avait pas vraiment tranquillisée au téléphone.

— Pourquoi te marier si précipitamment ? Rien ne presse.

Rosalie ne pouvait guère lui expliquer que son fiancé refusait de lui faire l'amour avant leur nuit de noces. *Je ne peux combler tous tes rêves, mais je peux au moins t'offrir celui-là*, avait murmuré Alex après un baiser étourdissant.

Non, Rosalie n'avait pas envie de s'épancher sur ce sujet avec sa grand-tante.

— Nous voulons nous marier avant la naissance du bébé, avait-elle bredouillé.

— Je vous rendrai visite à ce moment-là, avait répondu Odette. Pour voir mon arrière-petit-neveu.

— Pourquoi pas maintenant ? Alex peut t'envoyer son jet…

— Oh ! vraiment ? Mais qui s'occupera du restaurant ? Je ne peux pas me permettre de m'absenter pendant la saison touristique.

— S'il te plaît, tatie, avait supplié Rosalie. J'ai besoin de toi.

Odette avait marqué une légère hésitation.

— Tu es sûre d'avoir pris la bonne décision ?

— Oui, avait répondu Rosalie avec toute la force de conviction dont elle était capable.

— Alors bonne chance, ma petite. Nous nous verrons en septembre.

Tout au long des démarches auprès du consulat américain, puis de la mairie, Rosalie s'attendit à voir surgir quelque empêchement à leur union. Mais tout était en règle, les bans étaient publiés, le contrat de mariage signé et rien n'était survenu. Alex n'avait pas changé d'avis non plus.

Tout allait bien lorsqu'elle était avec Alex. Le désir agissait comme une drogue sur son corps et son cerveau, anesthésiant son anxiété. La présence de cet homme la mettait dans un état assez indescriptible. L'avant-veille, pendant la visite de l'atelier d'un souffleur de verre à Murano, elle avait suivi les gestes de l'artisan dans une sorte de transe, imaginant les mains d'Alex façonnant son corps avec la même virtuosité, s'attardant sur ses seins, ses hanches, ses cuisses…

Elle frémit à ce souvenir.

C'est seulement lorsqu'elle était seule, comme en ce moment, que l'incertitude l'envahissait au souvenir de certains propos d'Alex.

Notre mariage ne sera pas un conte de fées.

Rosalie avait beau se répéter qu'elle n'était plus une enfant, elle repensait souvent à la merveilleuse histoire de ses parents et à leur vie de couple si réussie. Tôt le matin, avant de partir sur son tracteur, son père préparait le café pour sa mère qui lui cuisinait avec amour ses plats préférés. Le soir, après dîner, ils écoutaient la musique de leur jeunesse, Bing Crosby et Nat King Cole. *La vie en rose* était leur chanson préférée et ils se mettaient parfois à danser tendrement. Quand ils apercevaient leur fille en train de les regarder, ils lui tendaient les bras et la serraient contre eux.

Jamais elle ne vivrait des moments aussi intenses avec Alex, songea Rosalie tristement. Était-elle sur le point de commettre la pire bêtise de sa vie ?

On frappa doucement à la porte.

— *Cara ?* Tu es prête ?

Le cœur battant à tout rompre, elle se répéta qu'elle agissait au mieux pour leur bébé. Ce serait terriblement égoïste de poursuivre des chimères en négligeant l'avenir de son enfant. Elle inspira profondément.

— Oui. Entre.

Alex s'immobilisa sur le seuil, ébloui. Le scintillement du soleil ourlait son voile translucide d'un feston d'or.

— Rosalie.

Elle regarda timidement son futur mari, suprêmement élégant dans un smoking qui domptait sa puissance physique. Pour une fois, son expression semblait totalement dénuée de cynisme ou de moquerie.

Il se gratta la gorge et s'avança en ouvrant un écrin qu'il tenait à la main.

— Pour toi.

Un diadème de diamants étincelait de mille feux sur le

velours noir. Alex le prit et le plaça sur la tête de Rosalie, puis s'écarta pour admirer le résultat.

— Il appartient à ma famille depuis de nombreuses générations. Maintenant, il est à toi.

Choquée, Rosalie se reconnut à peine dans la glace. Elle avait l'air d'une princesse.

— Je suis impatient de te faire mienne, ajouta Alex d'une voix altérée.

Les tempes bourdonnantes, Rosalie se rassit devant la coiffeuse pour maintenir le diadème avec des épingles à cheveux. Elle aurait des diamants dans sa vie, mais pas d'amour…

Mais son fils aurait une existence confortable, avec un père et une mère. Et elle dormirait dans le lit d'Alex.

— *Cara ?* lança-t-il doucement en lui tendant le bras.

Le regard de Rosalie tomba sur ses boutons de manchettes en or massif, gravés de la couronne des Falconeri. Elle avait hâte de sentir sur sa peau ces grandes mains sensuelles, caressantes. Ses baisers brûlants avaient éveillé un désir qu'il fallait assouvir. Elle devait se marier.

Elle saisit son bouquet de roses rouges, puis glissa un bras sous celui d'Alex. Il l'embrassa au creux du cou et la conduisit au rez-de-chaussée.

Ils sortirent du *palazzo* par l'arrière et s'avancèrent sur un petit ponton.

— Oh ! une gondole ? s'écria Rosalie.

— La vedette est partie il y a vingt minutes avec Lorenzo pour semer les paparazzis. Avec un peu de chance, nous passerons inaperçus.

Déguisé en gondolier, son garde du corps manœuvra habilement l'embarcation pittoresque sur les eaux qui miroitaient au soleil, dans une Venise de rêve.

C'était presque aussi beau qu'une déclaration d'amour,

songea Rosalie, la gorge serrée. Une brise légère caressait ses épaules nues, soulevant le tulle de son voile. Ses doigts se crispèrent sur son bouquet.

— *Cara ?* Tu pleures ?

Elle cligna rapidement les paupières en esquissant un sourire.

— Évidemment ! C'est le jour de mon mariage…

Elle vivait le moment le plus romantique de son existence. Aux yeux d'un observateur étranger, elle ressemblait certainement à la Cendrillon du conte, en escapade avec son prince charmant. Pourtant, malgré tant de faste et de beauté, elle savait aussi tout ce à quoi elle renonçait.

Je n'ai pas le choix, se dit-elle.

Comme pour la narguer, les paroles d'Alex flottèrent un instant dans son esprit.

On a toujours le choix.

Elle avait fait le sien, définitif. Il lui faudrait oublier ce qu'elle perdait. Après tout, quelle importance ? Son rêve ne se serait probablement jamais concrétisé. Il fallait sceller ses espoirs dans une boîte en fer et la jeter dans la lagune qui les engloutirait pour toujours.

Quand ils arrivèrent à la mairie, elle accrocha un sourire résolu sur ses lèvres.

Collins et Maria les attendaient à l'intérieur.

— Tu n'as pas invité ton cousin Cesare ? demanda Rosalie.

L'expression d'Alex se durcit.

— J'ai changé d'avis. Il a assisté à mon premier mariage qui n'a pas été une réussite…

Le majordome et la cuisinière seraient donc leurs seuls témoins. Rosalie aurait tant voulu avoir quelqu'un de sa famille ou de son village natal ! Ses parents lui manquaient.

Désormais, il fallait se tourner vers l'avenir, oublier le passé.

— La simplicité est sans doute préférable, tu as raison, répondit-elle.

Elle avait peur de se décomposer.

Je le fais pour mon bébé. Pour mon bébé, se répéta-t-elle dans un élan.

Comme s'il lisait en elle, Alex se pencha pour déposer un baiser sur le dos de sa main.

Elle frissonna.

Le désir remplacerait l'amour. La sensualité et le plaisir. Quand leurs regards se rencontrèrent, le sang afflua à son visage et le battement de son pouls résonna si fort à ses oreilles que la peur disparut.

Rosalie écouta à peine les mots prononcés pendant la cérémonie, en italien et en traduction anglaise. Tout son être se tendait vers l'assouvissement qui allait bientôt s'accomplir, inéluctablement.

Au moment de signer les papiers, Alex passa à son doigt un anneau d'or serti de diamants et ils s'embrassèrent. Puis, Maria et Collins les félicitèrent.

Ils étaient mariés. Rosalie n'avait plus à se soucier de rien. Ils étaient mari et femme. Pour toujours.

Quand ils ressortirent dans la lumière éblouissante, Alex prit sa main gauche, celle où les diamants brillaient, et la pressa sur son torse.

— Rentrons chez nous, madame Falconeri, murmura-t-il.

Elle lui jeta un regard éperdu, mais Collins, derrière eux, s'éclaircit la voix.

— Qu'y a-t-il ? demanda Alex.

— Le personnel du vignoble a organisé une surprise à votre intention, monsieur. Ils ont réservé un restaurant pour fêter votre mariage.

Alex fit une grimace ennuyée.

— Dites-leur que ce n'est pas possible.

— Très bien, monsieur. Mais ils ont passé beaucoup de temps à tout préparer.

Maria ajouta quelques mots en italien et Rosalie s'interposa, elle aussi, en dépit de sa folle envie de se retrouver seule avec Alex.

— Ce serait grossier de refuser.

Il capitula avec un soupir.

— C'est très gentil à eux.

Autour d'eux, des groupes se formaient et on les photographiait.

— Apparemment, le monde nous a retrouvés. Adieu l'anonymat !

Il se tourna vers Collins.

— Où a lieu la réception ?

— Tout près, *signore*. Juste de l'autre côté du pont.

— Prévenez mes gardes du corps. Qu'ils se tiennent prêts quand nous voudrons partir.

Ils se rendirent à pied dans la *trattoria* où on les attendait. Rosalie fut accueillie très chaleureusement par toute l'équipe du domaine.

— Bienvenue parmi nous, *contessa* !

— Nous sommes heureux de faire votre connaissance, *contessa* !

Elle jeta un regard étonné à Alex.

— Je suis… comtesse ?

— Oui, puisque tu es ma femme, répondit-il en l'enlaçant.

— Moi ! s'écria-t-elle avec un rire incrédule. Une paysanne d'Emmetsville… Comtesse italienne ! Quelle chance inouïe !

Alex l'embrassa.

— C'est moi qui ai de la chance.

Le déjeuner était composé de plats vénitiens traditionnels, *caparossoi a scota deo* – palourdes au poivre et citron – et *risi e bisi* — risotto aux petits pois. Alex se plia de bonne grâce à la coutume et se leva pour porter un toast à la mariée, avec un discours en italien qu'il traduisit en anglais.

Mais Rosalie n'avait pas besoin de traduction. Assise au bout de la longue table, entourée de nouveaux amis, elle se sentait infiniment heureuse à côté d'Alex. Il lui suffisait d'écouter le timbre de sa voix, de regarder le mouvement de ses lèvres pour éprouver une joie indicible. Le moindre de ses gestes l'envoûtait. Quand il enleva sa veste de smoking et roula les manches de sa chemise blanche, elle contempla avec émotion ses bras bronzés, puissamment musclés, auxquels elle rêvait de s'abandonner.

En dépit de la joyeuse ambiance qui régnait, elle avait hâte que le repas s'achève. Elle pourrait le toucher, le…

— N'est-ce pas, *cara* ?

Elle sursauta et rougit en revenant à la réalité.

— Euh… Pardon ? bégaya-t-elle.

— Nous ne souhaitons pas publier de photo, pas même sur le site du domaine. Nous tenons à préserver notre intimité.

Il fronça les sourcils, puis scruta son expression en souriant, comme s'il devinait ses pensées.

Elle devint carrément cramoisie. Que lui arrivait-il ? Elle qui n'avait pourtant jamais connu d'homme devenait littéralement obsédée par le sexe.

Alex était son mari. Il la fascinait.

— Tu es prête, *cara* ? chuchota-t-il beaucoup plus tard, en fin d'après-midi.

— Oui, répondit-elle avec assurance.

Elle n'avait plus aucun doute ni hésitation.

Lorenzo les ramena chez eux en vedette et accéléra pour échapper aux paparazzis qui s'élancèrent dans leur sillage. Il réussit à les semer en s'enfonçant dans un lacis de petits canaux et déposa le couple de mariés au pied d'un vieil embarcadère, sur le côté du *palazzo*.

Ravis d'avoir semé les importuns, Alex et Rosalie s'approchèrent en riant de la porte dérobée.

— Attends ! s'écria Alex.

Il la souleva dans ses bras pour franchir le seuil. Puis, au lieu de s'arrêter dans la cuisine, il traversa le hall et monta le grand escalier jusqu'à l'étage. Elle était enceinte de presque huit mois, mais ne semblait pas plus peser qu'une plume.

Il la reposa seulement quand ils furent dans la chambre du maître, où Rosalie n'avait encore jamais pénétré. C'était *leur* chambre, désormais.

Elle se mordit la lèvre nerveusement en regardant l'immense lit à baldaquin. Elle allait enfin connaître les mystères du sexe, faire l'amour avec l'homme dont elle portait déjà l'enfant…

Ils avaient procédé à l'envers, songea-t-elle tout à coup. D'abord la grossesse. *Ensuite* le mariage. Puis le rapport sexuel. Logiquement, la dernière étape serait de tomber amoureux, puisque cela arrivait normalement en premier, avant tout le reste. Mais cela n'arriverait pas.

Alex la dévorait d'un regard lourd de désir.

Au-dehors, le soleil qui commençait à descendre sur l'horizon teintait de rose orangé les façades vénitiennes, de l'autre côté du canal.

Alex lui ôta lentement son diadème et les épingles tombèrent sur le sol avec le long voile translucide. Elle frissonna quand il lui prit le visage entre ses paumes et se pencha pour l'embrasser.

Ses lèvres brûlaient les siennes et se mouvaient avec langueur, comme s'ils avaient l'éternité devant eux. Il enfouit les doigts sous sa chevelure et lui caressa doucement le dos. Elle entrouvrit la bouche et son baiser se fit plus profond, plus ardent aussi.

Il descendit la fermeture Éclair de sa robe de mariée qui glissa par terre dans un froissement d'étoffe soyeuse. Puis il s'écarta pour la contempler.

La vendeuse de la boutique de luxe avait insisté pour que Rosalie complète sa toilette avec de la lingerie raffinée.

— C'est parfait pour une nuit de noces, *signorina* ! Votre *sposo* va adorer.

Rosalie avait cédé en rougissant et son choix s'était porté sur un soutien-gorge très échancré en dentelle de satin, assorti d'un string. Le porte-jarretelles et les bas de soie paraissaient totalement superflus en été, mais à en juger par l'expression d'Alex, Rosalie avait eu raison de se laisser convaincre.

— Cela te plaît ? murmura-t-elle timidement.

Avec un grognement d'approbation pour toute réponse, il la saisit par les épaules et recommença à l'embrasser sauvagement. Elle l'enlaça par le cou en s'abandonnant.

Au bout de quelques minutes, il la lâcha et enleva sa veste de smoking qu'il jeta dans un fauteuil. Quand il commença à déboutonner sa chemise, Rosalie posa les paumes à plat sur son torse pour sentir sa chaleur.

Avec une douceur infinie, empreinte de respect, Alex l'étendit sur le lit, la tête sur l'oreiller. Puis il s'allongea à son tour et commença à la caresser, explorant lentement son corps voluptueux.

— Tu es enfin à moi, chuchota-t-il contre sa peau.

Ses mots la brûlèrent presque autant que le contact physique.

Elle referma les bras autour de lui pendant qu'il effleurait de ses pouces le bout de ses seins, là où aucun homme ne l'avait encore touchée. Une exclamation étouffée jaillit de la gorge de Rosalie.

Il dégrafa le soutien-gorge, libérant sa poitrine alourdie qui se tendit sous son souffle. Lorsqu'il prit entre ses lèvres les pointes dures de ses seins, une décharge électrique la traversa et elle gémit de plaisir. En même temps, des picotements aigus coururent sur sa peau, jusque vers son sexe dilaté.

Redressant la tête pour piller sa bouche, il poursuivit ses caresses, tandis qu'à son tour elle traçait les contours de son torse musculeux. Elle s'arrêta au-dessous de la ceinture de son pantalon en sentant le renflement de son érection, puis poursuivit son exploration. Il se figea.

— Je… J'ai peur d'être maladroite, dit-elle en rougissant.

Il plongea son regard dans le sien.

— Non, *cara.* Tu me rends fou. Tes caresses m'enivrent…

Tandis qu'il mordillait son épaule nue, ses doigts descendirent vers ses hanches et ses cuisses. Il dégrafa les jarretelles et fit glisser ses bas le long de ses jambes, l'un après l'autre. Il embrassa ses plantes de pied avec une dévotion troublante et elle frémit lorsque sa bouche remonta lentement vers ses genoux, puis plus haut, inexorablement…

Il lui ôta délicatement le reste de sa parure. En prenant conscience de sa nudité, elle ferma très fort les yeux, en respirant très vite, par saccades. Un bref moment, il la quitta et elle ne sentit plus que la fraîcheur de l'air sur sa peau.

Puis il se coucha de nouveau contre elle, nu lui aussi.

— Rosalie.

Elle ouvrit les paupières. Dans la semi-pénombre, Alex la contemplait d'un regard de braise. Il dégagea son front en repoussant ses cheveux en arrière.

— Tu es à moi, chuchota-t-il avec un sourire malicieux.

Il recommença à caresser ses seins, puis son ventre tendu. Une pluie de baisers s'abattit sur son visage et son corps, jusque dans les endroits les plus secrets.

— Tu m'appartiens tout entière, souffla-t-il contre ses lèvres frémissantes.

Avec un mélange de curiosité et de fascination, elle partit à son tour à la découverte de son corps viril, s'émerveillant de la puissante musculature de ses épaules et de son torse. Plus bas, elle hésita un peu à poursuivre son exploration avant de s'enhardir résolument.

Impressionnée par son sexe érigé, elle finit par l'entourer de ses doigts, en imprimant des petits mouvements de va-et-vient.

Il l'arrêta en poussant une exclamation.

— Qu'y a-t-il ? Je m'y prends mal ?

— Au contraire. Tu me donnes trop de plaisir, protesta-t-il d'une voix altérée. Je veux que ta première fois dure longtemps et soit inoubliable… Comme si cette nuit était celle où nous avons conçu notre fils.

Il s'allongea à côté d'elle. Pendant que leurs souffles et leurs langues se mêlaient dans un baiser fou, il écarta ses cuisses et entrouvrit les lèvres de son sexe moite.

Bientôt, sa bouche remplaça ses doigts. Agenouillé entre ses jambes, derrière son ventre de femme enceinte qui empêchait Rosalie de le voir, il la goûta avidement.

Le plaisir explosa en elle, si intense que des tremblements incoercibles la secouèrent. Elle arqua les reins et ses hanches se soulevèrent à la rencontre d'Alex. Son cri d'extase éclata avec une violence qui la sidéra elle-même.

Il résonnait encore à ses oreilles quand Alex se positionna au-dessus d'elle et la pénétra, d'une seule poussée. Elle retint sa respiration en le sentant à l'intérieur. Un plaisir nouveau l'emporta dans un tourbillon étourdissant, toujours plus haut, toujours plus loin, tel un ouragan contre lequel on ne pouvait rien. Elle se laissa aller, s'abandonnant complètement aux mouvements d'Alex, jusqu'à perdre toute notion du temps, ne sachant même plus qui elle était.

Elle se retrouvait projetée dans un univers où rien n'existait plus, que le plaisir.

Et lui. Alex.

8.

Alex n'avait jamais rien ressenti de semblable. Il ignorait qu'un tel plaisir puisse exister.

À trois reprises, il avait failli perdre le contrôle. Quand il lui avait enlevé sa robe de mariée. Quand il avait commencé à caresser son corps nu. Et quand elle avait étreint son sexe entre ses doigts.

Mais rien ne l'avait préparé à ce déferlement.

En la pénétrant au plus profond, il éprouvait une intensité qu'il n'avait jamais imaginée. Malgré sa virginité, son corps l'acceptait sans résistance. Les vagues de plaisir se succédaient à un rythme incroyable.

Il avait l'impression d'être vierge lui aussi.

Cela ne pouvait pas s'expliquer uniquement par sa longue période de célibat. C'était comme s'il découvrait sa sexualité maintenant, avec elle. Mais pourquoi ? Parce qu'elle était enceinte de son bébé ? La vue de son ventre épanoui le bouleversait-elle à ce point ?

Non. Il y avait autre chose.

C'était *elle*.

Dès le premier instant où elle était apparue devant lui, le mois dernier, incertaine et hésitante dans son salon, un désir violent l'avait assailli. À cause de sa beauté, sa fraîcheur, son feu intérieur.

Et maintenant, elle était sienne. Entièrement et pour toujours. Elle lui appartenait jusqu'à la fin des temps.

Cette pensée le foudroyait. Littéralement. Prenant appui sur les mains pour ne pas l'écraser, il la pénétra encore une fois, avec un grognement de plaisir. Un tourbillon l'entraîna plus loin, tout au bord du précipice. Sa résistance s'amenuisait et ne tenait plus qu'à un fil.

C'est alors qu'il entendit le cri de sa femme et sentit ses ongles s'enfoncer dans la chair de ses épaules. Il s'immobilisa en s'exhortant à se maîtriser. Il voulait faire durer le plaisir le plus longtemps possible. Il voulait qu'elle jouisse encore et encore, pas juste deux fois, mais une infinité. Pour que leur nuit de noces reste à jamais gravée dans leur mémoire comme un instant de joie pure, absolue.

Mais tout en pensant cela, il savait qu'il ne pourrait pas se retenir beaucoup plus longtemps. Les hanches de Rosalie ondulaient sous lui. Il était trop près du paroxysme...

Abruptement, il roula sur le côté. Elle ouvrit les paupières et l'interrogea du regard. Il répondit muettement en l'empoignant par la taille et l'installa précautionneusement sur lui.

Elle hésita tout d'abord, sans doute par timidité ou peur de manquer d'expérience. Puis, sans le quitter des yeux, elle inspira longuement et l'attira en elle.

Tout se précipita.

Il espérait contrôler plus facilement la situation dans cette position. Il se trompait. Le beau visage de Rosalie et la vue de ses formes épanouies lui arrachèrent une plainte étouffée. Tandis qu'elle bougeait sur lui, lentement d'abord puis plus vite, son expression gagna en ferveur. Elle rayonnait dans la pénombre.

Elle s'accrocha à ses épaules et l'intensité de la passion se peignit sur ses traits. Elle paraissait transfigurée.

Elle cria, encore plus fort que les fois précédentes. Un rugissement monta de la gorge d'Alex, qui agrippa le drap de toutes ses forces avant de sombrer, une myriade d'étoiles multicolores dans la tête.

Il eut à peine conscience du moment où Rosalie retombait à côté de lui, épuisée. Il la serra contre lui, bras et jambes entremêlés, sans plus savoir où commençait son corps et finissait le sien.

Il recouvra lentement ses esprits et la conscience lui revint.

C'était sa nuit de noces. Avec Rosalie. Il l'embrassa tendrement sur la tempe. Elle avait les yeux clos et respirait régulièrement. Sans doute s'était-elle endormie de fatigue. Lui-même était exténué, vidé de ses forces.

De moins le croyait-il. Car une dizaine de minutes plus tard, en sentant ses adorables fesses contre son ventre, il fut de nouveau transpercé de désir. Jamais il n'avait éprouvé cela, même pendant son adolescence. Il ne se rassasierait jamais de Rosalie. Sa femme. Pour toujours.

Repoussant en arrière sa longue chevelure brune, il déposa un baiser sur sa joue, puis lui mordilla le lobe de l'oreille et descendit au creux de son épaule. Elle se tourna vers lui avec un soupir de bien-être et l'enlaça par le cou. Ses seins se pressaient contre son torse comme une invitation et il se pencha pour les prendre dans sa bouche. Instantanément, elle se tendit vers lui.

Il souleva sa jambe qu'il plaça sur sa hanche et s'enfonça en elle pour la posséder sans plus attendre, impatiemment. Elle tressaillit avec un murmure de satisfaction et il ferma les yeux en se laissant envahir complètement par sa présence. Elle remplissait son être, son âme, ses espérances. Elle était sienne.

Et lui aussi, il lui appartenait.

En s'éveillant le lendemain matin dans la chambre luxueuse de son *palazzo* vénitien, Alex contempla Rosalie pelotonnée contre lui, à la lumière de l'aube.

Comment était-elle arrivée vierge jusqu'à lui ? Il ne comprenait toujours pas ce miracle.

Elle s'était préservée en attendant le grand amour.

Il fit taire sa conscience coupable.

Non, se dit-il fermement. Elle s'était préservée pour *le mariage*. Elle avait choisi la vie de couple pour élever leur enfant dans une atmosphère stable et sereine. Elle ne le regretterait pas. Il y veillerait.

Il l'embrassa au creux du cou. Incroyablement, après cette folle nuit d'amour, son désir était toujours vivace. Rosalie se réveilla avec un soupir d'aise.

— Bonjour.

— Bonjour, *cara*.

La beauté de son sourire le bouleversait. Il déposa une pluie de baisers sur son front, ses joues, ses lèvres.

— Je n'arrive pas à me persuader que tu es à moi. Personne n'a jamais demandé ta main ?

Son expression changea et elle détourna les yeux.

— Si… Le fils de nos voisins, à la campagne. Mes parents étaient ravis. Mais je n'étais pas amoureuse. J'ai refusé.

— Je comprends.

Il pensait à Chiara, qu'il avait épousée par intérêt, pour agrandir le vignoble.

— Non, tu ne peux pas comprendre, dit-elle. Il n'y avait pas que mes parents. Tout le monde, à Emmetsville, pensait que je devais me marier avec Cody. Nous sortions ensemble depuis le collège. Nous nous entendions bien. Il m'aimait et voulait s'engager pour la vie. Mais…

— Mais ?

— J'avais l'impression de ne pas être vraiment heureuse.

Mes parents ont été choqués et déçus. Tout mon entourage m'a reproché de rompre avec ce garçon qui m'aimait et était fait pour moi. Je ne supportais plus personne et j'ai déménagé à San Francisco. Pour travailler comme réceptionniste et vivre au milieu d'inconnus.

— Tu as bien fait, l'assura-t-il en se félicitant secrètement de son choix. C'était le destin…

— Non, coupa-t-elle en se frottant les yeux. J'ai agi par égoïsme. J'aurais dû rester.

— Rosalie.

— Mes parents sont morts à cause de moi. Si j'avais écouté les autres, ils seraient encore vivants…

Elle éclata en sanglots et Alex s'assit en se calant contre les oreillers pour la prendre dans ses bras. Il lui murmura des mots tendres en italien en lui caressant les cheveux jusqu'à ce qu'elle s'arrête de pleurer.

Au-dehors, on entendait les cris des mouettes et le clapotis de l'eau. Il était encore tôt.

— Il ne faut pas dire cela, Rosalie. Tu n'es pas responsable.

— Si j'avais été là, j'aurais insisté pour que mes parents évacuent la ferme dès le début de l'incendie. Je les aurais embarqués dans la voiture pour les conduire en sécurité avant que la route soit bloquée par les flammes.

» Mais je n'étais pas là. Je les ai abandonnés, juste parce que je n'aimais pas suffisamment Cody. Je ne pensais qu'à moi. J'étais ingrate.

— C'est un mauvais concours de circonstances. Tu n'as pas à te sentir coupable.

Elle secoua la tête vigoureusement.

— Sans moi, mes parents n'ont pas réagi assez vite. Ils ont emballé des affaires et attendu trop longtemps. Cody, *lui*, a réussi à sauver ses parents. Ils sont vivants, *eux*. Les miens sont… morts.

L'angoisse qui perçait dans sa voix faisait mal à entendre.

— Ce n'était pas de ta faute, répéta Alex.

Il l'embrassa sur le front.

— Tes parents t'aimaient, Rosalie. Ils n'auraient pas voulu que tu sois malheureuse.

Il continua à la réconforter en lui prodiguant des paroles de consolation, très doucement, et elle finit par s'apaiser.

— Tu me comprends, n'est-ce pas ? murmura-t-elle.

Il hocha la tête.

— Moi aussi, j'ai perdu ma famille, confia-t-il sur un ton étrangement dénué d'émotion. Mon frère aîné et mes parents sont morts un Noël.

Devant son regard encore brillant de larmes, il se força à poursuivre.

— J'avais promis de venir les voir depuis New York, où j'étais étudiant. Mais je me suis décommandé. Je ne supportais plus les cris et les disputes incessantes. Ils ont alors décidé d'aller aux sports d'hiver dans les Alpes et l'avion s'est écrasé dans les montagnes.

» J'ai pris le jet pour me rendre à l'enterrement… Cela a été la dernière fois. Depuis, il y a malheureusement eu une autre catastrophe. Un avion dans lequel se trouvait ma sœur s'est écrasé au Chili. Elle n'aurait pas été à bord si j'étais allé à Boston à sa place, comme c'était convenu entre nous.

Il se tut, la gorge nouée.

— Ce n'est pas étonnant que tu aies peur de l'avion, murmura Rosalie.

— Oui, acquiesça-t-il calmement. J'ai peur.

Se rendait-elle compte combien cet aveu lui coûtait ? Il ne l'avait jamais dit à personne.

— Je les ai perdus. Tous…

Elle posa une main sur sa joue.

— Tu n'es pas responsable des crashs. C'étaient des accidents. Des tragédies.

— Exactement comme le feu de forêt…

Ils demeurèrent un instant blottis l'un contre l'autre, sans parler.

— Il te reste un cousin, observa Rosalie pensivement. Pourquoi refuses-tu de le voir ? Est-il si épouvantable ?

— Non.

— C'est un menteur ? Un voleur ?

— Non.

— Alors c'est sa famille que tu n'aimes pas. Sa femme ?

Alex n'y avait jamais réfléchi et n'avait pas très envie de se pencher sur le sujet.

— C'est compliqué.

Il avait l'esprit vide.

— Je t'ai déjà dit pourquoi je ne lui ai pas envoyé de faire-part de mariage, reprit-il, irrité. Il était venu pour Chiara. Ce n'était pas la peine de l'inviter une deuxième fois.

— Cela n'a aucun sens, commenta Rosalie.

C'était vrai, mais il ne voulait pas chercher une autre explication.

— Rosalie, *cara*, ne nous disputons pas.

Il la serra contre lui.

— C'est notre lune de miel…

— Qu'est-ce qu'on entend ? demanda-t-elle tout à coup.

Depuis quelques minutes, des bruits de moteur montaient jusqu'à eux. La circulation sur le canal n'était jamais aussi animée. Il se leva pour regarder par la fenêtre.

— Des curieux et des paparazzis, maugréa-t-il.

Il traversa la chambre sur la pointe des pieds pour aller voir de l'autre côté et Rosalie le rejoignit en s'enveloppant dans un drap. La petite place était remplie de badauds et de photographes.

— Oh non ! s'écria-t-elle. Que veulent-ils ?

— Une histoire, répondit-il, les mâchoires crispées. Je suis désolé. La presse people me poursuit depuis des années parce que ma famille était très connue. Mais cela a empiré avec la mort de Chiara et le développement des réseaux sociaux. L'apparition d'une mystérieuse femme enceinte et mon remariage excitent évidemment la curiosité des journalistes, toujours friands de scandale.

Rosalie eut l'air paniqué.

— Nous sommes pris au piège. Prisonniers !

Alex jeta un regard en bas, sur l'attroupement. Il avait l'habitude et n'y faisait plus attention. De toute façon, la plupart du temps, il vivait retiré dans son domaine, loin de l'agitation et des rumeurs.

Rosalie ne réagissait pas comme lui. Elle était bien trop sensible pour être indifférente.

— Ne t'inquiète pas. Nous allons partir tout de suite.

C'est ainsi que quatre heures plus tard ils roulaient dans une Fiat bleue vintage en direction du domaine viticole.

Il n'avait pas été facile de s'échapper du *palazzo* en passant inaperçu. Il avait fallu échafauder un astucieux stratagème avec deux gardes du corps et leurs petites amies, qui s'étaient élancés à quelques minutes d'intervalle dans une course effrénée sur le canal. Une heure plus tard, le majordome et la cuisinière jouaient les ombres chinoises derrière les tentures de la chambre, pendant que Rosalie et Alex s'éclipsaient par la porte dérobée, dissimulés dans de vilains manteaux sombres.

Finalement, ils étaient libres et filaient à vive allure dans la campagne.

— Je ne t'imaginais pas avec ce genre de voiture ! s'écria Rosalie.

— Je l'ai empruntée à Maria qui n'est pas du tout pressée

de la récupérer et se réjouit de conduire la Lamborghini en attendant. Elle mérite bien une récompense pour avoir embrassé Collins derrière les rideaux, non ?

Rosalie éclata de rire en lui caressant tendrement l'épaule. Elle avait noué une écharpe jaune sur ses cheveux bruns et portait une robe blanche qui s'accordait à son humeur légère. Elle se sentait délicieusement heureuse.

— Ne fais pas cela, dit-il comme elle glissait les doigts dans l'encolure de sa chemise.

— Pourquoi ? Tu es mon mari. J'ai le droit.

— Je vais m'arrêter sur le bord de la route et te prendre là, tout de suite, grogna-t-il.

— Dans cette voiture minuscule ? J'aimerais voir cela.

Il ne résista pas et releva le défi en se garant sur le bas-côté. Il captura ses lèvres sauvagement, mais dut se rendre à l'évidence. Il n'y avait pas moyen de faire l'amour dans un si petit espace…

Collins leur avait préparé un pique-nique et ils cherchèrent un coin tranquille, sous les arbres. Alex posa le panier dans l'herbe et étendit la couverture. Il recommença à embrasser Rosalie qui tremblait de désir. Puis, sans cérémonie, il retroussa sa robe, lui enleva sa culotte et baissa son pantalon. Ensuite il s'allongea et l'installa au-dessus de lui à califourchon. Il n'y eut que les oiseaux pour surprendre leurs ébats…

Lorsqu'ils émergèrent quelques instants plus tard, ils mangèrent avec appétit des sandwichs au *prosciutto* et se désaltérèrent avec de l'eau gazeuse avant de reprendre la route.

— Nous arrivons, annonça Alex en franchissant les grilles de la propriété.

Des collines couvertes de vignes moutonnaient à perte de vue sous le ciel bleu.

— C'est magnifique.

Alex sourit.

— Je suis content que cela te plaise. Chiara détestait venir ici. Elle voulait vendre, depuis toujours.

— Au fait, tu as réglé les problèmes de succession ?

— J'ai racheté à prix d'or sa propriété de Vulpato. Les musiciens de Venise pourront manger du homard et boire du champagne pendant quelque temps.

Rosalie contempla rêveusement la vieille demeure et les dépendances, un peu plus loin.

— Tu reçois beaucoup de touristes et de visiteurs ?

Il se souvint qu'elle était originaire de Sonoma, une région célèbre pour ses vignobles. Là-bas comme en Vénétie, certains propriétaires commercialisaient leurs vins directement à la propriété, avec un espace de vente et de dégustation.

— Je n'accepte personne à *La Tesora*, expliqua-t-il. Je vends uniquement aux négociants en gros. J'habite ici et n'aimerais pas du tout être dérangé chez moi.

Une gouvernante souriante, qu'elle avait déjà rencontrée la veille à la réception, les accueillit sur le perron. Puis, Alex raconta à Rosalie l'histoire de la demeure.

— Mon arrière-arrière-grand-père l'a fait construire pour son épouse en 1905, sur le modèle d'un manoir du XVIIIe siècle, mais avec tout le confort de l'époque. Je l'ai modernisée en ajoutant des panneaux solaires et quelques innovations technologiques.

D'autres employés vinrent présenter leurs respects. Rosalie réussit à leur dire quelques mots en italien. Elle était si belle, en cet instant, qu'Alex ne résista pas et l'embrassa devant tout le monde.

Il surprit quelques échanges de regards complices et

amusés. Peu lui importait. L'émotion qui transfigurait Rosalie lui transperça le cœur. Ce n'était que du désir, bien sûr… Un désir violent comme l'orage qui tonnait dans le lointain. Mais rien de plus.

9.

L'été passait vite en Vénétie, une grande région viticole d'Italie qui rivalisait avec la Toscane. Il faisait toujours beau. Le raisin mûrissait sous le soleil.

Rosalie s'épanouissait. Heureuse et détendue, elle paressait à l'ombre des arbres et flânait dans le parc. Ainsi que l'avait promis Alex, personne ne les dérangeait, ni paparazzis ni visiteurs. Il travaillait à la vigne avec ses ouvriers, en jean et T-shirt, avec un plaisir évident.

Le premier jour, Rosalie l'avait surpris en l'accompagnant, les cheveux relevés en queue-de-cheval, prête à mettre la main à l'ouvrage.

— N'oublie pas que je suis de la campagne ! s'était-elle écriée en riant.

Neuf mois plus tôt, en se lançant dans cette aventure de mère porteuse à San Francisco, elle n'aurait jamais imaginé une histoire aussi merveilleuse. À l'époque, elle était seule et désespérée…

Elle explorait ce jour-là le domaine avec Alex dans une voiturette électrique à trois roues. Pendant les deux années où elle avait vécu à San Francisco, elle avait oublié combien le grand air et la campagne lui manquaient. Elle retrouvait avec une joie immense les plaisirs de son enfance. C'était comme avant, quand elle habitait à Emmetsville…

Sauf que… Non, il ne fallait pas penser au passé, mais

se tourner vers l'avenir. Elle regarda son mari assis au volant. Elle s'étonnait encore de ce qui lui arrivait. Leur bébé pouvait naître d'un jour à l'autre.

Son existence avait beaucoup changé au cours des dernières semaines. Elle avait pris de nouvelles habitudes, rencontré de nouveaux amis. Elle avait même commencé à apprendre l'italien avec la gouvernante. Pourtant, son existence lui paraissait étrangement familière.

Ils descendirent du véhicule pour faire quelques pas.

— Tu t'es bien accoutumée à ton nouveau mode de vie, observa Alex.

— J'aime cet endroit. Je m'y sens presque comme chez moi.

Presque. Ses parents cultivaient la luzerne et le melon, et elle ne savait pas encore grand-chose du raisin, mais elle s'y mettrait. Puisqu'il fallait regarder devant soi, elle avait décidé d'adopter ce pays.

Elle ne penserait plus à ce qu'elle avait laissé derrière elle.

Tout à coup, Alex fronça les sourcils.

— Est-ce prudent pour toi de marcher autant ?

— Je me traîne ! soupira-t-elle.

Il la prit dans ses bras.

— Tu es de plus en plus belle.

Rosalie s'appuya contre lui. Elle avait déjà dépassé de trois jours la date prévue pour l'accouchement. L'obstétricien de Venise avait accepté, contre un dédommagement exorbitant, de s'installer provisoirement dans une clinique des environs. Il la suivait quotidiennement et parlait de déclencher le travail.

— Le Dr Rossi m'a conseillé un peu d'exercice, dit-elle avec un sourire.

Alex haussa un sourcil malicieux.

— Il a aussi suggéré d'autres méthodes…

Tandis qu'elle réprimait un petit rire, il prit son visage entre ses mains et captura sa bouche, passionnément. Quand elle s'écarta, le soleil formait comme un halo autour de lui. Il était si beau ! Et il la contemplait avec tendresse, presque comme si…

Comme si…

Non. Il ne fallait pas s'illusionner. Cette pensée provoqua un brusque élancement dans son corps.

— Rentrons à la villa, chuchota-t-il en lui massant doucement les reins.

— Au beau milieu de la journée ?

— Pourquoi pas ?

Comme elle regagnait la camionnette, un second élancement, puis un troisième l'alerta. En même temps, une douleur sourde qu'elle négligeait depuis le matin, en bas du dos, se réveilla.

Elle posa les mains sur son ventre en écarquillant les yeux.

Alex comprit immédiatement et se précipita pour la ramener au plus vite.

— Promets-moi de rester avec moi, l'implora-t-elle, un peu effrayée.

— Je te le promets.

Connaissant la valeur qu'il attachait à une promesse, Rosalie lui lança un regard éperdu de gratitude. Avec lui à ses côtés, elle n'avait peur de rien.

Alex venait d'assister à un miracle.

Dans une suite privée de la clinique, il regardait son fils nouveau-né avec admiration.

Il était si petit. Ses doigts minuscules l'émerveillaient… Il avait fait un test ADN, pour la forme. Il avait une confiance absolue en Rosalie, mais voulait s'assurer que la clinique de Californie n'avait pas fait d'erreur. Maintenant, avec le bébé dans les bras, il constatait sa parfaite ressemblance avec ses propres photos de naissance.

Alex rêvait depuis si longtemps d'un enfant qui porterait son nom… C'était enfin arrivé.

Mais il n'était pas seulement son héritier. Il tenait dans ses bras un petit être vivant, dont le cœur palpitait et qui respirait.

Le pouls d'Alex s'accéléra.

Assis dans un fauteuil devant la fenêtre, Alex avait enlevé sa chemise sur les conseils de l'infirmière, qui préconisait le contact peau contre peau pour réconforter le bébé qui pleurait. Protégé sous une couverture, le nouveau-né s'était en effet calmé très vite et s'était endormi contre la chaleur de son père.

Rosalie se reposait. Alex repensa aux souffrances de cette longue nuit. Il était resté tout le temps à ses côtés, réclamant des poches de glace, demandant au médecin de soulager la douleur.

— C'est trop tard pour une péridurale, avait expliqué ce dernier.

— Je peux gérer la douleur, avait dit Rosalie, le front moite de transpiration. Je veux juste que tu sois là, Alex, avec moi.

Elle lui avait tendu la main. Il l'avait tenue pendant deux heures. Il en avait encore les doigts tout meurtris.

Il était fier de sa force et de son courage.

Dans le silence de la chambre, sa femme et son fils respiraient tranquillement. C'était la musique la plus douce qu'il ait jamais entendue.

Une lumière dorée baignait la pièce, la même que la veille quand ils s'étaient embrassés dans les vignes. Les employés du domaine, qui aimaient beaucoup Rosalie, avaient envoyé un somptueux bouquet.

Cet été avait été le meilleur de toute la vie d'Alex. Il n'avait jamais imaginé qu'un mariage puisse être aussi… heureux. Pas seulement agréable la nuit, quand la passion explosait, mais tout au long de la journée. Rosalie était devenue une compagne, une amie.

Tout en tenant leur bébé, qu'ils avaient prénommé Oliver Ernst comme le père de Rosalie, Alex contempla sa femme endormie. Une émotion très forte l'étreignit, à la limite du supportable.

C'était trop fort. Il ne pouvait pas éprouver des sentiments aussi intenses. Son cœur s'emballa. Quand on s'attachait, il y avait trop à perdre. Il avait peur de souffrir, de ne pas être à la hauteur…

Il pouvait arriver tant de choses à cet être minuscule et si fragile, et à sa tendre épouse… Comment se prémunir du désastre ? Comment les protéger ?

Alex n'avait jamais ressenti pareille inquiétude. Certainement pas avec Chiara, avec laquelle il n'y avait ni amour ni passion. La vie avec elle était froide, exempte de jalousie et d'émotion.

Sa propre enfance avait été pleine de drame, entre un père violent et une mère qui s'enfermait dans un mutisme hargneux. Ils se disputaient à n'en plus finir, infligeant l'enfer à leurs enfants. Son frère Thomas, qui absorbait leur méchanceté comme une éponge, avait appris à se battre avec les mêmes armes. Ils étaient morts maintenant, ainsi que sa sœur qui avait tenté de fuir ailleurs pour entamer une vie nouvelle.

Les parents de Rosalie aussi étaient morts. Dans un incendie. Tout pouvait arriver, n'importe quand et à n'importe qui. Personne n'était à l'abri. Il n'y avait de sécurité nulle part. Il pouvait perdre Rosalie. Leur enfant aussi.

Alex fut saisi de vertige. Il respira profondément pour essayer de contrôler son affolement.

Tout reposait sur lui. Il fallait être fort, invincible, d'acier, afin de protéger ces êtres qui lui étaient chers.

Surtout, il devait maîtriser ses émotions, les empêcher de le submerger. Car alors il prenait peur. La faiblesse et l'impuissance le désarmaient. Il ne pouvait plus lutter et imaginait le pire.

La mort. L'abandon.

Un homme digne de ce nom avait confiance dans sa force et avait les moyens de tenir ses promesses. Alex devait protéger sa famille. Mais aussi lui-même.

Il n'y avait qu'une méthode pour réussir. Rester fort et vigilant. Refouler ses sentiments au plus profond, ériger un rempart défensif.

Au prix d'un immense effort sur lui-même, Alex gela son cœur.

Pour se montrer digne de sa famille, il se devait de ne rien ressentir. Rien du tout.

Pendant les premières semaines qui suivirent la naissance d'Oliver, les jours et les nuits de Rosalie s'écoulèrent dans une succession embrumée de veille et de sommeil.

Elle était fatiguée, avec les seins douloureux à cause de l'allaitement. Elle avait mal au dos et aux épaules à force de bercer son bébé en restant dans la même position. Elle ne bougeait pas par peur de le réveiller et s'endormait dans le rocking-chair.

— Nous devrions prendre une nounou, lui disait son mari, chagriné par ses cernes et ses traits tirés. Au moins pour la nuit.

Mais Rosalie refusait. Elle tenait à s'occuper elle-même de son précieux bébé qui méritait toute son attention et son amour. Elle le gardait dans ses bras pendant des heures parce qu'il pleurait quand elle le reposait mais aussi parce qu'elle avait envie de le choyer, de respirer son odeur. Il avait besoin d'elle. Elle était tout pour lui.

La naissance d'Oliver avait totalement bouleversé son existence.

L'accouchement avait été difficile. On n'avait pas pu lui faire de péridurale et elle avait enduré les pires souffrances de sa vie. Heureusement, la présence d'Alex l'avait beaucoup aidée. Qu'aurait-elle fait sans lui ?

— Je suis là, *cara,* murmurait-il en lui serrant les doigts. Je suis là.

À la fin, après avoir étreint son bébé sur son cœur, elle s'était endormie d'épuisement. Mais quel bonheur quand, au réveil, elle avait ouvert les yeux sur ce petit être encore plus merveilleux que dans ses rêves les plus beaux ! Devant Alex qui le tenait contre lui torse nu, une vague d'attendrissement l'avait submergée.

C'est à ce moment précis que Rosalie avait compris la vraie nature de ses sentiments.

Elle était amoureuse de son mari.

Tout au long de l'été, elle avait refusé l'évidence, se persuadant qu'ils étaient simplement amants et bons amis, en même temps que futurs parents.

Certes, Alex lui faisait vivre des nuits fabuleuses. C'était lui qu'elle embrassait avant de s'endormir, lui qui lui souriait le matin au réveil, et elle n'imaginait pas vivre avec quelqu'un d'autre. Néanmoins, cela ne voulait pas dire qu'elle l'aimait…

Pourtant, quand elle l'avait vu avec leur fils dans les bras, son cœur avait explosé. Elle ne pouvait plus nier.

Elle était amoureuse.

Totalement, éperdument amoureuse.

Terrifiée par la violence de ce sentiment, elle s'efforçait de ne pas penser aux conséquences. Alex l'avait mise en garde dès le début. Il n'était pas question d'amour dans leur mariage de raison. Pas plus que de divorce.

À leur retour à la villa, elle avait été soulagée d'être accaparée par les soins de la maternité. Elle n'avait pas le temps de penser à autre chose.

Maintenant qu'Oliver avait presque deux mois et qu'il dormait quatre heures d'affilée la nuit, elle sortait lentement du brouillard et son esprit recommençait à fonctionner. Il fallait affronter la réalité.

Et elle avait peur.

Parce qu'elle se rendait compte que son mari devenait de plus en plus distant depuis la naissance d'Oliver. Il passait très peu de temps avec eux et ne s'occupait quasiment pas du bébé. Depuis cet après-midi si émouvant, à l'hôpital, il n'avait presque pas tenu son fils dans ses bras.

C'était comme s'il la repoussait, songea Rosalie en frissonnant. Comme s'il savait.

Mais comment aurait-il deviné qu'elle était amoureuse ? Il s'agissait d'une simple coïncidence. Elle ne lui avait jamais demandé de la relayer auprès d'Oliver. En toute impartialité, il était très occupé avec les vendanges, qui se déroulaient selon la méthode traditionnelle, à la main, avec des sécateurs et des paniers. Alex employait des équipes de saisonniers et travaillait avec eux dans les vignes. Après avoir d'abord récolté le raisin blanc, pinot *grigio*, ils attaquaient le rouge, pinot *nero* et merlot.

On pouvait gâcher toute une récolte si on ne surveillait pas de près les différentes opérations de tri, d'équeutage et de pressage. C'était une période capitale.

Rosalie s'expliquait ainsi le comportement d'Alex, inaccessible parfois jusqu'à l'hostilité. Elle n'avait même pas pu discuter avec lui de l'offre d'une compagnie américaine qui proposait de racheter sa ferme familiale, en Californie.

Si elle devait ne jamais retourner là-bas, il valait mieux vendre plutôt que de payer des impôts sur une terre en jachère. Elle n'arrivait pas à prendre seule cette décision.

Mais Alex ne lui parlait quasiment plus. Ils ne mangeaient même pas ensemble. Rosalie essayait de ne pas se sentir visée, mais c'était d'autant plus difficile qu'ils n'avaient pas fait l'amour depuis son retour de la clinique. Ils vivaient séparés, jour et nuit.

Au début, l'abstinence n'avait pas préoccupé Rosalie, surtout avec les séquelles de l'accouchement. Elle dormait sur un lit d'appoint dans la nursery pour ne pas troubler le sommeil d'Alex, qui travaillait toute la journée et ne pouvait pas se reposer en faisant une sieste.

Maintenant, Rosalie dormait mieux et l'examen postnatal s'était révélé entièrement satisfaisant. Mais elle n'avait toujours pas réintégré la chambre commune.

Cela n'échappa pas à grand-tante Odette, arrivée trois jours plus tôt pour la visite promise de longue date.

— Te voilà mère célibataire, ma petite ?

— Non, nous sommes mariés !

— Alors pourquoi couches-tu dans la nursery ?

Rosalie rougit.

— Nous sommes tous les deux très occupés…

Odette scruta l'expression de sa nièce et secoua la tête avec une pointe de dérision.

— Il faut changer cela.

— Je ne sais pas comment.

— Retourne dans son lit, tout simplement.

— Je… Je ne suis pas certaine qu'il en ait envie.

— Eh bien, assure-t'en.

Ce n'était pas très compliqué. Elle n'avait qu'à poser la question à son mari.

Sauf qu'elle avait peur de la réponse. Il avait à peine effleuré ses lèvres en deux mois.

— Je ne peux pas, chuchota-t-elle.

Odette posa une main sur son bras.

— Dans la vie, quand surgit une difficulté, il faut l'affronter pour aller de l'avant. Quitte à prendre des risques. Ose.

Rosalie se répétait songeusement le conseil de sa grand-tante en descendant au rez-de-chaussée, le bébé sur la hanche.

Ose.

C'était facile de dire cela quand on n'avait peur de rien. Rosalie, elle…

Comment pouvait-elle retourner dans le lit d'Alex alors qu'il l'ignorait et ne la touchait plus ? C'est tout juste s'il lui adressait la parole. Ils vivaient comme deux étrangers sous le même toit. Elle communiquait avec lui par texto.

Sa tante avait raison de tirer la sonnette d'alarme.

Dieu merci, la *vendemmia* se terminait aujourd'hui. Ce soir on donnerait une grande fête, avec un feu de joie, pour célébrer la fin des vendanges.

Ose.

Elle trouverait peut-être un moyen pour…

— *Contessa*, il y a un coup de téléphone pour votre mari, annonça la gouvernante.

— Il est dans les vignes…

— *Sì*, mais le monsieur dit que le *conte* ne le rappelle jamais et que c'est urgent. Voulez-vous lui parler, *per favore* ? C'est son cousin.

— Ah, dans ce cas, oui bien sûr ! s'écria Rosalie qui s'approcha pour prendre la communication.

Cesare Falconeri ne sembla pas surpris quand elle se présenta comme l'épouse d'Alex.

— Oui, ma femme a vu sur les réseaux sociaux qu'Alex s'était marié. Et vous avez un enfant, n'est-ce pas ?

— Oui. Il s'appelle Oliver.

— Nous partons pour Londres la semaine prochaine et ne serons pas de retour avant le printemps. Nous serions ravis de passer au domaine pour vous offrir notre cadeau de mariage.

— Oh ! comme c'est gentil ! Il ne fallait pas… Je suis désolée de ne pas vous avoir invités…

— Ne vous excusez pas, je vous en prie.

Rosalie poussa un soupir pendant qu'il continuait.

— Nous aimerions beaucoup vous voir. J'ai laissé plusieurs messages à Alex, ces derniers jours, mais il n'a pas répondu.

— Il a été très occupé avec les vendanges, expliqua-t-elle, gênée.

— Oh ! c'est vrai ! Je n'ai pas choisi le bon moment. Vous pourriez nous rendre visite à Londres cet hiver…

En même temps, il n'avait pas l'air très convaincu. À juste titre, sans doute. Si Alex ne le voyait déjà pas en Italie, il n'entreprendrait certainement pas le voyage.

— Ou alors on se donne rendez-vous au printemps ? reprit Cesare. D'ici là, nous aurons un quatrième enfant. Cela nous ferait plaisir qu'Alex fasse la connaissance de notre petite famille.

— Il ne connaît pas vos enfants ? C'est incroyable ! s'exclama Rosalie.

Son bébé avait besoin de cousins. Elle aussi.

Ose.

— J'ai une idée, dit-elle impulsivement. Nous fêtons la fin des vendanges ce soir, avec tout le personnel. Pourquoi ne pas vous joindre à nous ?

— Alex sera d'accord ?

— Évidemment, mentit-elle avec aplomb. Venez à 8 heures, si ce n'est pas trop tard pour les enfants.

— Magnifique ! Nous les ferons dormir avant. *Grazie mille*, Rosalie. Merci beaucoup.

Il marqua une pause.

— Oh ! Emma, ma femme, se fait une joie de vous rencontrer !

Rosalie raccrocha, le sourire aux lèvres. Sa grand-tante avait raison et elle se sentait déjà plus optimiste. Il suffisait d'un peu de courage pour changer les choses.

Elle profita de la sieste d'Oliver pour prendre une bonne douche et se préparer avec soin. Elle choisit une robe rouge qui flattait sa silhouette encore un peu trop épanouie à son goût après sa grossesse. La couleur vive mettait aussi en valeur ses longs cheveux bruns qu'elle laissa flotter librement sur ses épaules.

Elle avait confiance. Tout allait s'arranger. Le lien se rétablirait entre Alex et elle. Il sortirait de l'état second où l'avait plongé le surmenage. Il la prendrait dans ses bras et l'embrasserait enfin. Ce soir, elle coucherait de nouveau dans son lit.

Peut-être, si elle était vraiment courageuse, lui avouerait-elle aussi qu'elle l'aimait.

Peut-être pas.

Mais tout se passerait bien. Ce n'était tout de même pas une catastrophe d'être amoureuse de son mari ! Ils avaient tout pour être heureux. Une bonne vendange. Un bébé adorable. Des retrouvailles avec la famille. Qu'aurait-il pu survenir de fâcheux ?

10.

Un grand feu de joie illuminait la nuit d'automne. Le vin coulait à flots et le buffet croulait sous les plats de pâtes, de salades et de succulents desserts. Les rires fusaient de toutes parts. La *vendemmia* était précoce cette année, mais très réussie.

Rosalie avait accueilli Cesare, Emma et leurs enfants avec beaucoup de nervosité car Alex n'était pas là quand ils arrivèrent. Elle ne l'avait pas mis au courant. En discutant avec la gouvernante, elle avait appris que Cesare n'était pas seulement un magnat milliardaire de l'hôtellerie, mais aussi un prince.

Elle s'inquiétait à tort. Lorsque, un peu plus tard dans la soirée, elle avait confié ses craintes à Emma, cette dernière l'avait complètement rassurée.

— Je n'ai vraiment rien d'impressionnant ! J'étais femme de chambre, avant d'épouser Cesare.

Très grand, la quarantaine, Cesare Falconeri avait les tempes grisonnantes et un air de ressemblance avec son cousin. Charmante et chaleureuse, son épouse américaine, qui avait une dizaine d'années de moins, avait tout de suite brisé la glace.

— Enchantée de vous rencontrer, Rosalie. Vous et votre bébé.

— Oliver a presque deux mois.

— Je vous présente nos petits monstres. Sam, Elena et Hayes.

L'aîné, âgé de huit ans environ, déchiffrait d'un air studieux les titres des livres de la bibliothèque. La petite fille frappait vigoureusement son frère avec son ours en peluche et le plus jeune trottinait derrière eux.

Emma posa une main sur son ventre.

— Le dernier naîtra au printemps !

Rosalie la considéra avec un mélange d'étonnement et d'envie. Parfaitement maîtresse d'elle-même, d'une élégance irréprochable, Emma Falconeri irradiait le calme et la douceur. Ces deux derniers mois, Rosalie avait traîné en pantalon de yoga avec la sensation d'être continuellement débordée. C'était le premier jour qu'elle s'habillait vraiment. Et elle n'avait qu'un enfant !

— Comment faites-vous ? demanda-t-elle.

Emma sourit à son mari qui l'enlaça par la taille.

— J'ai de l'aide.

Le regard tendre dont Cesare l'enveloppa serra le cœur de Rosalie.

— Venez. La fête commence juste. Alex va être surpris de vous voir.

— Surpris ? lança Cesare en fronçant les sourcils.

— Content, s'empressa de corriger Rosalie.

Elle leur présenta d'abord sa grand-tante Odette qui avait décidé de ne pas assister à la soirée pour rester tranquillement dans sa chambre avec un bon livre. Puis elle les conduisit dehors, dans le grand champ où se déroulait la réception, entre la villa et les chais.

À la vue de sa femme dans sa belle robe rouge, Alex s'approcha, un pli sensuel au coin des lèvres. Mais en apercevant Cesare et sa famille, il se rembrunit aussitôt et Rosalie comprit avec effroi qu'elle avait commis une erreur.

— Regarde qui est là, dit-elle gauchement.

— Je vois. Comment cela se fait-il ?

Elle releva le menton avec défi.

— Je les ai invités.

— Ah.

Alex salua Cesare en lui demandant de ses nouvelles comme si de rien n'était. Puis il tendit poliment la main à Emma, qui repoussa son bras pour l'embrasser affectueusement sur les deux joues.

— Quel plaisir de te revoir ! Mais quel dommage d'avoir raté… tant d'événements, observa-t-elle avec un certain embarras.

Rosalie ne comprenait pas l'attitude d'Alex. Pourquoi avait-il cessé de fréquenter des gens aussi gentils ?

Les enfants Falconeri s'égaillèrent pour aller jouer.

— Ne vous éloignez pas trop et restez ensemble ! leur lança leur mère.

— Eh bien… Comment vas-tu, Alex ? demanda Cesare.

— Très bien, répliqua-t-il sèchement.

Trois paires d'yeux le dévisagèrent curieusement.

— La récolte est excellente et la grêle n'a causé aucun dégât, ajouta-t-il poliment.

— Tant mieux.

Cesare se gratta la gorge.

— De mon côté aussi les affaires sont florissantes.

Un silence tomba, pendant lequel les deux femmes échangèrent un regard désolé.

— Je dois nourrir Oliver et le coucher, annonça Rosalie. À tout à l'heure…

— Je vais surveiller les enfants, dit Emma pour laisser les cousins en tête à tête.

Trois quarts d'heure plus tard, lorsque Rosalie redescendit

après avoir laissé le babyphone à Odette, les deux hommes avaient repris leurs distances.

— Tu t'es disputé avec ton cousin ? demanda-t-elle à Alex.

— Tu n'aurais pas dû l'inviter, Rosalie.

— Il fait partie de ta famille, observa-t-elle avec entêtement.

— Il ne suffit pas d'être de la même famille pour être proche. Je te l'ai déjà dit.

— C'est ridicule. Pourquoi es-tu aussi grossier ?

— C'est ta faute si je suis impoli. Tu n'as qu'à leur tenir compagnie puisque tu les as invités. Excuse-moi, j'ai à faire.

À ces mots, il la planta là et se dirigea vers les chais.

Rosalie resta donc seule à bavarder avec les employés et les Falconeri, en s'efforçant de faire oublier aux uns et aux autres l'incorrection d'Alex. À la fin de la soirée, quand Emma la remercia, elle était au bord des larmes.

— Je suis désolée. Je ne sais pas pourquoi Alex a…

— Ne vous inquiétez pas pour cela, protesta Cesare malgré l'affront qu'il avait subi.

— Nous avons eu le plaisir de vous rencontrer et de voir votre beau bébé, ajouta Emma.

— Absolument, approuva Cesare en enveloppant sa femme d'un regard enamouré.

Il l'embrassa fugitivement sur les lèvres. Il y avait entre eux deux une complicité tendre, mêlée d'une telle sensualité que le cœur de Rosalie se serra. Elle aurait donné n'importe quoi pour vivre la même chose avec son mari. Hélas, Alex l'ignorait depuis deux mois.

Après leur départ, Rosalie demeura un instant les yeux dans le vague, assaillie par la tristesse. Cesare et Emma étaient l'exemple même de ce dont elle rêvait, une grande famille, un mariage plein d'amour et de bonheur.

Subitement, elle saisit la justesse des propos de sa

grand-tante. Il fallait en avoir le cœur net et risquer le tout pour le tout.

Elle rejoignit Alex au moment où il rentrait à la villa, et lui mit la main sur l'épaule.

— Que se passe-t-il, Alex ? demanda-t-elle.

— Cesare et moi n'avons rien en commun. Nous n'avons aucune raison d'entretenir des liens amicaux.

— Et nous ? lança-t-elle à brûle-pourpoint.

Il se crispa.

— C'est différent. Nous sommes mariés.

Elle rassembla tout son courage.

— Oui, mariés. Tu me manques, Alex. J'ai envie de te parler, de dormir près de toi. Que nous arrive-t-il ?

Une ombre voila son regard, puis il baissa les yeux.

— Rien.

Ose..., s'exhorta Rosalie.

— En tout cas, quelque chose a changé pour moi, dit-elle. Je suis amoureuse, Alex.

Alex accusa le choc.

Rosalie l'aimait ? Comment était-ce possible ?

Il recula d'un pas pour scruter son expression. Les yeux brillants, les lèvres entrouvertes, elle attendait.

Elle l'aimait.

Mais il n'était pas digne de cet amour qu'il était incapable de rendre. Devant son beau visage plein d'espoir, l'accablement l'envahit. Il ne voulait pas lui faire de mal. Il avait justement pris des distances pour éviter cela, pour la protéger.

Il devait aussi se protéger lui-même. Il ne fallait pas faiblir.

Un profond désespoir monta en lui. Comment épargner Rosalie ? Que dire pour ne pas la blesser ?

Il vit plusieurs émotions se succéder sur ses traits. D'abord la déception. Puis la souffrance.

Bientôt son amour se transformerait en haine. Leur mariage et leur vie seraient détruits. L'avenir de leur enfant aussi…

La peur tambourina en lui. Dès qu'il avait aperçu Cesare et sa famille, il avait su qu'il allait se produire quelque chose de désagréable. Son cousin tenait à la perfection son rôle de mari et de père dévoué, mais cette comédie du bonheur ne durerait pas. Tôt ou tard, cela se terminerait par des cris, des accusations et des scènes de ménage. Et les enfants innocents payaient les conséquences. L'amour ne durait jamais. On s'exposait inévitablement à souffrir si on croyait à ce rêve romantique.

— Je t'aime, dit Rosalie à nouveau, d'une voix tremblante.

Les épaules d'Alex se voûtèrent.

— Je suis désolé, *cara*. Je ne suis pas sentimental.

Elle se décomposa.

— Je peux être patiente, te donner du temps…

— Non, asséna Alex sauvagement. C'est impossible.

Il avait obtenu tout ce qu'il voulait. Un fils qui transmettrait son nom. Une belle femme qui aimait autant que lui la terre de Vénétie, qui était aussi une compagne et une amie. Mais le prix était trop élevé.

— Je peux attendre.

Il se raidit lorsqu'elle l'enlaça et se serra contre lui. Elle se haussa sur la pointe des pieds et pressa sa joue contre la sienne.

— Je t'aime, chuchota-t-elle à son oreille.

Chaque fois qu'elle prononçait ces trois mots, il avait l'impression de recevoir un coup de poing dans l'estomac.

Il se dégagea rageusement.

— Arrête, Rosalie. Je t'avais prévenue dès le début et tu m'as épousé en connaissance de cause.

— Je sais.

Elle ferma les paupières. Une larme roula sur sa joue et il réprima un brusque élan d'empathie.

— Tu ne peux pas revenir sur ta décision, déclara-t-il durement. Ni me demander plus que je ne peux t'offrir. Ce n'est pas juste.

Elle esquissa un pâle sourire.

— Comme tu le dis toi-même, la vie est injuste, n'est-ce pas ?

Elle avait l'air pitoyable, en dépit de sa beauté sensuelle. Il se détestait de ne pas pouvoir répondre à ses sentiments. Pourtant, il ne l'avait pas prise en traître.

— Il faut assumer les conséquences de tes actes, dit-il froidement.

La lueur d'espoir qui brillait encore faiblement dans les yeux de Rosalie s'éteignit et ce lui fut tout à coup insupportable. Il prit son visage entre ses paumes.

— Je peux te donner n'importe quoi d'autre, Rosalie. Des diamants. Des yachts. Des palais. D'autres enfants. Nous ne serons pas malheureux. Je t'assure…

Il se pencha pour l'embrasser. Après tout, la *passion* était toujours là. Il la tenait à distance depuis deux mois parce qu'il avait peur. Mais les sentiments de Rosalie l'inquiétaient encore plus…

Il écarta résolument ses lèvres pour piller sa bouche. Il voulait lui prouver qu'un mariage sans amour n'était pas dénué de plaisir sexuel. Jusqu'alors, elle s'était toujours laissé emporter par le feu du désir.

Mais pour la première fois, elle résista, demeurant insensible. Vaincu par une déception cuisante, il recula.

— Tu n'es pas en cause. Je suis incapable d'aimer. Qui que ce soit. Pourquoi ne peux-tu l'accepter ?

— Je l'accepte, dit-elle d'une voix sans timbre.

— Pourquoi n'es-tu plus heureuse, comme avant ?

— Parce que… cela ne me suffit plus.

Il serra les poings de frustration.

— Je sais que tu as peur, chuchota-t-elle. Je ressens la même chose.

— Tu ne sais pas ce que tu me demandes.

— Si. J'ai conscience de ce que l'on risque à s'attacher.

Il faillit se défendre par le sarcasme, à son habitude. Puis il se souvint combien elle avait souffert de la mort de ses parents.

— L'amour ne dure pas, murmura-t-il. Il se transforme et mène inévitablement à la colère, la froideur et la détestation.

— Cela s'est passé ainsi avec Chiara ?

— Je ne l'ai jamais aimée. Il n'y avait rien à craindre. Mais j'ai vu la destruction à l'œuvre dans le couple de mes parents et dans mon entourage. Ce sera pareil pour Cesare. Cela finira mal pour eux aussi. Par la haine ou la mort.

Elle lui prit la main.

— Tu as raison. La vie se termine par la mort. L'amour et la haine sont facultatifs. Mais si nous tuons les sentiments, il ne nous reste qu'un vide abominable.

Un instant, Alex faillit céder au magnétisme puissant qui émanait d'elle. Mais s'il capitulait, s'il se laissait aller, les émotions qu'il réprimait depuis trente-cinq ans risquaient de le submerger.

Il se détourna.

— Je ne suis pas comme toi.

— Si seulement tu voulais bien essayer…

— Non, coupa-t-il. Désolé. Je ne peux pas.

Des larmes perlèrent dans les yeux lumineux de Rosalie.

— D'accord, je tâcherai de m'en passer.

Pourrait-elle vraiment vivre sans amour ? s'interrogea Alex, perplexe et indécis.

11.

— Tu es devenue un vrai paillasson, ma chérie.

Odette était seule dans la cuisine le lendemain matin quand Rosalie descendit avec Oliver, les traits tirés après une mauvaise nuit. Le soleil illuminait la pièce. Dehors, les couleurs d'automne resplendissaient, parant la campagne d'une beauté nostalgique.

La vieille dame aux cheveux blancs tendit une tasse de café à sa nièce qui l'accepta avec gratitude, mais les mots de sa grand-tante la blessèrent.

— Je ne suis pas un paillasson, répliqua Rosalie avec une moue boudeuse.

— Tu as besoin de prendre des forces, reprit Odette. Je te fais une omelette.

Elle sortit une poêle et battit des œufs dans un bol tout en continuant à parler.

— Hier soir, j'avais ouvert la fenêtre parce que j'avais trop chaud et j'ai surpris malgré moi une conversation...

Rosalie sursauta et écouta la suite en rougissant.

— Cela m'a fait mal au cœur d'entendre mon adorable nièce quémander l'amour de son mari et s'aplatir devant son refus.

— Que puis-je faire d'autre ? protesta Rosalie, horriblement gênée. Alex a raison. Il m'avait prévenue depuis le début.

— Alors pourquoi l'as-tu épousé ?

— C'est toi qui me l'as conseillé !

— Je ne t'ai jamais dit qu'il fallait te marier, simplement qu'un bébé a besoin d'un père et de stabilité, rectifia Odette.

Désorientée, Rosalie fouilla dans sa mémoire, tandis que sa tante regardait Oliver d'un air attendri.

— As-tu envie que ton fils grandisse dans ce genre d'atmosphère ? Qu'il trouve normal d'avoir un père distant et insensible ?

— Je ne peux pas forcer Alex à m'aimer. Je n'ai pas le choix.

Odette déposa une assiette appétissante sur la table.

— Tu peux refuser une situation inacceptable.

— Alex ne voudra jamais divorcer.

— Qui parle de divorce ? Tu as reçu une proposition intéressante pour ta propriété de Sonoma, n'est-ce pas ?

— Oui.

Rosalie, qui avait plus faim qu'elle ne pensait, réfléchit tout en mangeant. Elle répugnait encore à vendre la terre de ses parents, mais ne pouvait pas non plus la laisser indéfiniment à l'abandon.

— Je n'ai pas encore pris de décision.

— Rentre chez toi, en Californie.

Une peur irraisonnée s'empara de Rosalie. La tête lui tournait à cette idée.

— Il est temps, ajouta Odette doucement en plaçant sa main ridée sur la sienne.

Le moment du départ était malheureusement venu pour la tante de Rosalie, qu'un chauffeur emmena en Rolls-Royce à l'aéroport. Elle n'avait passé que quelques jours à la villa, mais manquerait beaucoup à sa nièce, qui pensait sans arrêt à leur dernière conversation.

Rentre chez toi.

Serait-elle capable de retourner à Emmetsville ? Depuis l'enterrement de ses parents, elle avait essayé d'en effacer tout souvenir. L'odeur de cendre et de fumée dans l'air, l'expression d'angoisse sur les visages, le bruit des pleurs et de la terre sur le couvercle des cercueils…

Cody Kowalski, le voisin qui avait jadis voulu l'épouser, s'était approché d'elle, au cimetière. Il avait commencé à bredouiller quelque chose mais s'était interrompu en rougissant. *Je suis désolé*, avait-il murmuré avant de s'éclipser brusquement.

Cody n'avait pas besoin d'en dire davantage. Rosalie avait compris à demi-mot. Si elle l'avait épousé et était restée au village, elle aurait pu sauver ses parents, comme il avait sauvé les siens.

Cette idée la hantait sans répit.

Pendant la sieste du bébé, Rosalie alla dans le bureau, une pièce à la décoration très masculine, et alluma son ordinateur portable rangé sur une étagère. Elle relut le mail de la compagnie californienne. Si elle acceptait leur offre, on lui enverrait un chèque en Italie et elle n'aurait jamais besoin de retourner là-bas.

Ses doigts hésitaient au-dessus des touches du clavier quand Alex apparut.

— Je te cherchais…

Il s'interrompit en apercevant son expression angoissée.

— Qu'y a-t-il ?

— Je vais rentrer chez moi, annonça-t-elle, le cœur battant.

Le visage d'Alex se ferma.

— Tu es ici chez toi.

Elle secoua la tête.

— J'ai reçu une proposition d'achat pour la propriété de mes parents.

— Et alors ?

— Je n'ai pas encore pris de décision.

— Tu n'es pas obligée de répondre.

— Si.

La gorge serrée, elle contempla la campagne italienne qui s'étendait à perte de vue.

— Je ressens le même attachement que toi pour la terre qui appartient à ma famille depuis un siècle. Wildemer m'en offre une fortune.

— Wildemer ! s'écria-t-il, surpris par la mention d'un des plus gros négociants du monde. Ne leur vends pas. Tu n'as pas besoin d'argent.

Il s'interrompit un instant.

— Si ce n'était pas si loin, je te suggérerais de nous occuper nous-mêmes de ce domaine. Mais la Californie est trop loin pour un phobique de l'avion comme moi.

— Bien sûr.

Avec Alex, Rosalie aurait pu accomplir n'importe quoi, les projets les plus grandioses. Planter des vignes, créer un grand vin…

Elle secoua la tête pour chasser de son esprit ce rêve chimérique. Inutile de bâtir des châteaux en Espagne…

— De toute manière, je dois y aller.

— En Californie ?

— J'élude la question depuis trop longtemps. Il me faut affronter le problème un jour ou l'autre, ne serait-ce que pour Oliver. Je dois être courageuse, lui montrer l'exemple.

Alex l'observait étrangement à travers ses paupières mi-closes. Elle hésita.

— Veux-tu… Voudrais-tu venir avec moi ?

Elle aurait moins peur, s'il l'accompagnait, s'il la tenait par la main comme pour la naissance de leur fils.

Il détourna le regard.

— Je ne peux pas.

— Nous pourrions voyager par bateau.

— *Non*, Rosalie.

Devant son visage de marbre, le dernier espoir de Rosalie s'évanouit.

— Tu n'es vraiment pas concerné… soupira-t-elle tristement.

Certains de ses propos affleurèrent à sa mémoire. *Il ne suffit pas d'être de la même famille pour être proche.* Il le pensait réellement. Cela la désespérait.

Ils appartenaient maintenant à la même famille puisqu'elle était sa femme. Cela ne changeait rien. Pour Alex, elle resterait pour toujours une étrangère.

Elle était seule, abominablement seule.

Alex avait du mal à supporter le chagrin qu'il lisait dans les yeux de sa femme.

Tu n'es vraiment pas concerné…

Si elle savait !

Depuis la naissance de leur bébé, même après la consultation postnatale, il s'obligeait à garder ses distances, émotionnellement et physiquement. Il avait trop peur de s'effondrer. Si la digue qu'il avait érigée contre ses sentiments venait à craquer, il n'aurait plus aucun moyen de défense. Qui sait s'il ne s'effondrerait pas en sanglots comme une loque ?

Il s'efforçait donc de rester froidement maître de lui. Un homme digne de ce nom se devait d'être fort pour veiller sur sa femme et son enfant.

Néanmoins, depuis la veille au soir, il avait conscience d'avoir failli à ses devoirs. Rosalie n'était pas heureuse, loin de là.

Il lui refusait le temps, l'attention et l'amour dont elle

avait besoin et qu'elle lui réclamait. Il avait même refusé de l'accompagner en Californie alors qu'elle comptait sur son aide et sa protection. En fait, il était moins fort et courageux qu'elle.

Il faisait toujours de belles promesses qu'il était incapable de tenir. Tous les membres de sa famille étaient morts à cause de lui, parce qu'il avait failli à sa parole. Pris de vertige, il porta la main à son front. Il détruisait tous ceux qui l'approchaient. Une malédiction s'acharnait contre lui. Il portait malheur.

Rosalie et le bébé se porteraient mieux sans lui.

Cette pensée sinistre le glaça. En même temps, c'était la vérité. Il en était convaincu.

Il se berçait d'illusion en se croyant capable d'assurer leur bien-être. Il avait eu tort d'épouser Rosalie, et surtout de la retenir.

— Va en Californie, dit-il d'une voix rauque.

— D'accord, murmura-t-elle comme si cela n'avait aucune importance.

D'accord. Elle avait répondu la même chose la veille, quand il avait cruellement repoussé son amour. *D'accord.*

— Et ne reviens pas, s'entendit-il ajouter.

Elle se leva lentement de sa chaise, abasourdie.

— Comment ?

Naguère encore, rien ne comptait davantage pour Alex que son honneur et le respect de la parole donnée.

Mais s'il obligeait Rosalie à rester, il ruinerait tôt ou tard sa vie et celle de leur enfant, comme cela s'était déjà produit pour tous ses proches, même Chiara.

Ce serait monstrueux.

— Mon jet t'emmènera en Californie, reprit-il.

Elle n'imaginait pas combien il lui en coûtait de mettre son avion à sa disposition. Mais c'était lui qui était dangereux, pas le moyen de transport. Chiara était morte dans un accident de voiture…

Rosalie avait l'air confus.

— Cela veut dire quoi, *ne reviens pas* ? Je m'absente juste quelques jours. Vas-tu nous rejoindre là-bas ?

— Non.

Il ne pouvait pas la détruire. Il fallait la laisser partir.

— Je ne comprends pas.

— Je ne veux plus de toi ici. Ni toi ni le bébé.

Il inspira profondément et la regarda droit dans les yeux.

— Je veux divorcer.

Divorcer ?

Rosalie se recroquevilla sur elle-même. C'était la dernière chose à laquelle elle s'attendait. Elle tituba avec l'impression que le sol se dérobait sous ses pieds.

— Je croyais que *les vœux du mariage étaient indissolubles*, pour toi ? articula-t-elle d'une voix étranglée.

— J'ai changé d'avis.

— Et notre bébé ?

Alex réfléchit un instant.

— Nous nous entendrons pour le droit de garde.

Rosalie pouvait à peine respirer.

— Je suis contre ce genre d'arrangement.

— Il faudra que tu t'y fasses, déclara-t-il froidement.

Elle n'allait pas le supplier. Non ! Surtout après la scène de la veille.

— Alex, je t'en prie, cherchons une solution…

Il la regarda comme si elle était une étrangère.

— Je ne peux pas te donner ce que tu attends de moi.

— Essaye, au moins ! l'implora-t-elle, au bord des larmes. Nous pourrions consulter un thérapeute. Nous…

— Non.

— Tout le monde peut changer. Viens avec moi en Californie. Ne me laisse pas seule.

— Tu seras mieux sans moi.

Rosalie ne voulait pas divorcer et aurait préféré continuer à espérer. Mais elle ne pouvait pas non plus s'opposer à la volonté d'Alex. Il fallait accepter la réalité. Il ne l'aimerait jamais. Si même lui, malgré ses convictions, voulait rompre les vœux du mariage, tout espoir était perdu.

— D'accord, chuchota-t-elle.

La mâchoire crispée, Alex détourna le regard.

De grosses larmes roulèrent sur les joues de Rosalie.

— J'aurais voulu rester ta femme pour toujours.

— Je sais, murmura Alex. C'est pour cela que je te quitte.

12.

Dès que la porte se referma derrière Rosalie et son fils, la villa sombra dans un silence pesant. Son chauffeur les emmenait à l'aéroport Marco Polo où son jet privé se tenait prêt à décoller.

Alex se réfugia dans son bureau et essaya de travailler. Mais il ne comprenait pas ce qu'il lisait et n'arrivait pas à se concentrer. La scène de rupture qui s'était déroulée dans cette même pièce se rejouait dans son esprit. Il était hanté par l'expression de Rosalie quand il avait parlé de divorcer.

Elle était partie et il était seul.

Cette villa où il s'était toujours senti chez lui semblait plus vide et désolée que son *palazzo*. Peut-être serait-il mieux là-bas ? Sa demeure vénitienne ne résonnerait pas de ses rires et des échos de sa voix.

Non. Il y retrouverait aussi des souvenirs. C'était là qu'il l'avait vue pour la première fois, là aussi qu'il lui avait fait l'amour pendant leur nuit de noces… Impuissant, il serra les poings.

Il lui fallait contacter son avocat pour entamer la procédure de divorce. Alex se montrerait généreux. Rosalie et Oliver ne manqueraient de rien. Il lui offrirait davantage que ce que garantissait le contrat de mariage. Il lui donnerait la moitié de sa fortune.

Même si cela ne correspondait pas du tout à ce dont elle rêvait.

Je t'aime… J'aurais voulu rester ta femme pour toujours.

Alex erra comme une âme en peine dans les pièces du rez-de-chaussée. Dans la bibliothèque, il ramassa un jouet qui traînait par terre. À qui appartenait cet ours en peluche ?

Il devina vite.

— Ta femme mérite mieux que la façon dont tu la traites, Alex, lui avait dit Cesare la veille, quand ils s'étaient retrouvés seuls tous les deux.

Alex, qui le savait déjà, s'était vexé et avait contre-attaqué avec amertume.

— Ton mariage ne durera pas, avait-il prédit à son cousin. Ta famille finira désunie comme tant d'autres. Tu renieras tes vœux.

Cesare lui avait calmement fait face.

— Tu te trompes. Je préférerais mourir plutôt que de trahir ceux que j'aime…

Alex baissa les yeux sur la peluche. Il demanderait à son assistant de la renvoyer par la poste. Sur le point de la poser sur une étagère, il se ravisa brusquement, le cœur battant.

Il la rapporterait lui-même. Pourquoi pas ?

Au moins, il cesserait de se morfondre en pensant à Rosalie…

Trois heures plus tard, après s'être perdu deux fois sur les petites routes de montagne, Alex arriva à la belle villa du lac de Côme.

— Alex ! s'écria Cesare quand le majordome l'introduisit dans le salon. Que me vaut l'honneur de ta visite ?

— Ceci, expliqua Alex gauchement en lui tendant l'ours en peluche.

— Ah, tant mieux ! Tu n'imagines pas le mal que

nous avons eu à endormir Elena sans son doudou. Merci infiniment.

Un silence gêné suivit. Heureusement, Cesare rompit la glace en invitant son cousin à dîner.

— Nous allions passer à table. Viens.

Toute la famille lui fit bon accueil.

— Où sont Rosalie et Oliver ? demanda Emma après l'avoir chaleureusement embrassé.

— Partis. Ils sont retournés en Californie, répondit-il, la gorge serrée.

Devant la triste mine de son cousin, Cesare s'interposa.

— Emma, ma chérie, commencez à manger sans nous.

Il prit une bouteille et deux verres dans le bar et entraîna Alex sur la terrasse.

Une heure plus tard, devant son deuxième whisky millésimé, Alex achevait le récit tragique de son existence, aux rayons du soleil couchant. Il n'aurait jamais cru qu'il partagerait un jour son histoire avec Cesare.

— Tu comprends ? Quoi que je fasse, tout le monde meurt autour de moi. Je détruis la vie de ceux qui m'approchent. J'ai essayé de tenir la promesse que j'avais faite à Rosalie. Je me suis trompé. Je ne peux pas la rendre heureuse. Je ne sais pas l'aimer.

— J'étais comme toi, avoua Cesare, les yeux perdus dans le vague.

Puis il se retourna vers la villa joyeuse et pleine de vie.

— Et puis, tout s'est arrangé.

— Comment ? Après tout ce qui s'est passé dans notre enfance… La manière dont on nous a élevés…

— Quand on le veut, on arrive à dépasser tout cela.

— Cela ne peut pas être aussi simple.

— Oui et non…

Une vive jalousie s'empara d'Alex.

— C'est facile pour toi, maugréa-t-il. Vous vous aimez tellement, Emma et toi ! Je m'accroche à l'idée que cela ne durera pas. Je suis obligé. Parce que j'ignore ce qu'est l'amour. Je ne supportais plus de vous voir tous les deux parce que vous me montriez...

— Ce que tu croyais hors de portée pour toi ?

Cesare se pencha vers lui.

— J'ai pris conscience de mon amour pour Emma quand j'ai compris que le bonheur était plus important que mon orgueil. Plus important que tout.

— Moi, je ne suis pas amoureux de Rosalie. C'est tout le problème.

— On sait qu'on est amoureux quand on tient à quelqu'un plus qu'à soi-même. On le prouve par des actes.

— Encore une preuve que je ne le suis pas. Je lui ai brisé le cœur.

— Pourquoi l'as-tu laissée partir ?

— Parce que... je ne supportais pas de la voir malheureuse. Elle mérite mieux que moi.

— Ce qui signifie que son bonheur est plus important que le tien.

Alex le fixa sans mot dire.

Était-ce aussi simple quc cela ?

Il lui avait redonné sa liberté, sacrifié son honneur et le confort de sa vie quotidienne, jusqu'au plaisir de la paternité. Il repensa à cette effroyable sensation de solitude après son départ. Il s'était pourtant résigné à s'en accommoder.

Pour elle.

Certains prouvaient leur amour en proposant le mariage. Lui avait prouvé le sien en demandant le divorce.

— Tu as compris ? demanda Cesare.

— Oui, chuchota Alex.

Ses actes et son comportement étaient la preuve de son amour.

L'émotion qu'il redoutait tant le submergea d'un coup, comme si son cœur s'ouvrait brusquement. Il vit la beauté du lac italien, perçut l'attention pleine de tendresse que son cousin lui manifestait depuis toujours. Il ferma les yeux et l'image de son bébé apparut sous ses paupières closes.

Ainsi que celle de Rosalie. Avec sa joie de vivre.

Je t'aime. L'écho de sa voix résonna en lui.

Elle avait traversé des épreuves douloureuses mais avait trouvé le courage de risquer son cœur, en dépit des mises en garde d'Alex. Elle l'avait aimé malgré lui.

Maintenant, elle était repartie sans lui en Californie, pour affronter seule un retour dans une maison dévastée par le feu. Elle lui avait demandé son aide, son soutien, et il avait lâchement refusé.

Elle possédait une force de caractère admirable et peu commune. Il n'était pas sûr de lui arriver à la cheville.

Il avait besoin d'elle.

— Je l'aime, souffla Alex en se levant en chancelant.

— Évidemment, répliqua son cousin tranquillement.

— Il faut que je la voie le plus vite possible. Aujourd'hui. Avant qu'elle prenne une décision qu'elle risquerait de regretter…

— Appelle-la.

Alex secoua la tête.

— Si elle raccroche, tout est fini. Je dois la voir en chair et en os. Je ne peux pas la laisser affronter seule ce qui l'attend là-bas.

Ne l'avait-elle pas accompagné à cette soirée de gala qu'il redoutait ? Au moment de l'accouchement, sa présence l'avait tellement réconfortée…

— Comment lui montrer combien je l'aime ? Quelle preuve lui donner ?

Il lui vint une idée.

— Je vais prendre l'avion !

Mais c'était trop tard. Son jet avait déjà décollé. Il réfléchit tout haut.

— Il n'y aura pas de vol commercial avant demain…

— Prends mon jet, suggéra Cesare.

— Oui. Merci…

Alex s'humecta nerveusement les lèvres.

— Je n'ai pas pris l'avion depuis dix ans. Je souffre d'une phobie complètement irrationnelle…

— Après ce qui s'est passé, cela n'a rien d'étonnant.

— Je serai courageux. Pour Rosalie et pour notre fils. Je leur dois bien cela.

— Je suis sûr que tout se passera bien, le réconforta Cesare.

Une demi-heure plus tard, Alex montait à bord du jet de son cousin, la peur au ventre, mais porté par un espoir fou.

La pensée de Rosalie ne le quitta pas un seul instant et il débarqua à San Francisco quatorze heures plus tard avec la conscience d'avoir changé sa vie à tout jamais. Il était prêt à tout pour reconquérir sa femme.

Pourvu seulement que ce soit encore possible.

En descendant de sa voiture de location au milieu de la matinée, Rosalie considéra tristement les ruines de sa ferme natale.

Arrivée à San Francisco quelques heures plus tôt, épuisée et malheureuse, elle avait pris une chambre d'hôtel pour se reposer un peu. Par la fenêtre, elle voyait le parc où elle se promenait pendant sa grossesse, parlant à ce bébé qu'elle portait pour une autre mais qu'elle souhaitait désespérément garder pour elle.

Elle avait finalement obtenu gain de cause.

Pourquoi ne s'en satisfaisait-elle pas ? Elle aspirait à quelque chose d'inaccessible.

Je veux divorcer…

Dès qu'elle repensait à cet instant, le chagrin la terrassait. Elle avait follement espéré qu'Alex la rappellerait pour lui dire qu'il s'était trompé et qu'il revenait sur sa décision.

Mais il avait mûrement réfléchi. Et il l'avait prévenue. Il était incapable d'aimer quelqu'un.

Il avait peut-être agi avec courage en la renvoyant en Amérique. Sinon, leur mariage était condamné à une mort lente et douloureuse, et elle ne serait jamais partie de son plein gré. Même sans amour.

Je sais. C'est pour cela que je te quitte.

Alex avait fait ce dont elle était incapable. Il avait affronté la réalité pour abréger ses souffrances.

Si seulement Rosalie possédait ce pouvoir…

Elle s'était déjà arrêtée chez Wildemer au centre-ville de Sonoma. Le directeur avait immédiatement préparé un contrat de vente. Toutefois, avant de le signer, elle voulait se rendre sur les lieux une dernière fois, pour dire au revoir à la ferme de son enfance.

En ressortant de chez Wildemer avec son bébé dans une poussette, elle avait croisé un homme roux sur le trottoir.

— Bonjour, Rosalie.

Le choc lui coupa le souffle.

— Cody ?

— J'ai entendu dire que tu étais à Sonoma. Et aussi que tu étais mariée.

Vêtu d'un jean et d'une chemise à carreaux, Cody Kowalski se pencha avec un sourire.

— C'est ton bébé ?

Elle acquiesça d'un signe de tête.

— Qu'est-ce que tu fais ici ?

Il se redressa.

— La même chose que toi, j'imagine.

Il leva les yeux vers la façade pittoresque de l'immeuble du XIXe siècle.

— Je viens chercher mon chèque. Nous avons vendu.

— Mais pourquoi ?

— Mes parents veulent passer leur retraite en Floride. Et je déteste la vie à la ferme.

— Depuis quand ? s'écria-t-elle.

— Depuis toujours, même si j'ai essayé de faire plaisir à mon père en travaillant avec lui. En fait, j'ai toujours regretté de ne pas être assez courageux pour partir, comme toi.

— Je n'aurais jamais dû m'en aller ! protesta-t-elle, au bord des larmes. Toi, au moins, tu as sauvé tes parents…

— Non, Rosalie. Ce n'est pas moi. Je jouais à un jeu vidéo au sous-sol. Mon père et ma mère se disputaient, comme d'habitude. Ce sont tes parents qui sont venus tambouriner à notre porte pour nous avertir. Ils ont voulu retourner chez eux pour sauver leurs animaux… Malgré le danger.

— Ils se rendaient compte du risque ?

— Oui. J'ai failli t'en parler, à l'enterrement. Je n'ai pas osé.

— Pourquoi ?

— Parce que tout est de ma faute. Si j'avais eu l'honnêteté de dire à mon père que je ne voulais pas reprendre la ferme, ils auraient vendu depuis longtemps. Tes parents n'auraient pas perdu de temps pour nous prévenir et ils seraient encore vivants.

— Tu n'es pas responsable, Cody. En tout cas, merci de m'avoir parlé.

Rosalie se remémorait la scène tout en regardant le paysage dévasté. Dire que le remords et la honte l'avaient rongée pendant tant de temps…

Tout avait brûlé autour de la maison, dont seules les fondations restaient visibles.

— Voilà où j'ai grandi, Oliver, dit-elle à son bébé. Ainsi que tes grands-parents et tes arrière-grands-parents. Je voulais te montrer cet endroit. Même s'il ne reste plus rien.

Rosalie n'était pas capable de s'occuper seule d'une exploitation agricole. De toute manière, sans ses parents, la propriété n'avait plus de valeur pour elle. Elle les avait perdus pour toujours. Ainsi que ses rêves. Et Alex…

En baissant les yeux, elle aperçut de l'herbe qui repoussait parmi les gravats. La nature reprenait ses droits.

Elle était venue dire au revoir.

Mais elle ne pouvait pas.

Les gens qu'elle aimait étaient toujours là, dans son cœur et ses souvenirs. Elle sentait l'amour de ses parents tout autour d'elle.

L'amour ne mourait jamais. Celui qu'elle éprouvait pour Alex non plus, même s'ils divorçaient.

Rosalie leva les yeux vers le ciel.

— Je ferai tout ce que je peux, chuchota-t-elle pour ses parents. Pour vous. Oliver saura combien vous l'auriez aimé.

Elle ne pouvait pas vendre. Elle devait rester. Ses parents auraient souhaité cela.

Non. *Elle* le voulait.

Elle sécha ses larmes. En se retournant, elle crut voir Alex derrière elle. C'était une hallucination, évidemment.

Il n'aurait pas pu la rejoindre aussi vite à l'autre bout de la terre…

— Rosalie, dit-il d'une voix rauque.

Il était à un mètre d'elle.

— Comment… ?

— J'ai pris l'avion.

— L'avion ? répéta-t-elle, sidérée.

— Je ne pouvais pas te laisser partir ainsi…

Il la prit dans ses bras.

— Je suis venu te rejoindre ici. Je savais que tu ne vendrais pas. En tout cas pas avant d'avoir fait tes adieux.

— Comment pouvais-tu savoir ?

Il lui sourit.

— Je te connais. Je me doutais aussi que tu aurais envie de montrer cet endroit à Oliver.

Il posa une main sur sa joue.

— Tu es la personne la plus forte que je connaisse. Ton départ d'Italie, hier, a failli me tuer. Désormais, je veux être l'homme que tu mérites, celui dont tu es tombée amoureuse. Alors, j'ai sauté dans un avion. L'amour m'a donné ce courage.

— Quoi ? Que dis-tu ? articula-t-elle faiblement.

— Je t'aime, Rosalie. Il a fallu que je te perde pour prendre conscience de ma stupidité. En parlant avec mon cousin…

— Tu as parlé à Cesare ?

— Oui. Je me suis aussi rendu compte de l'importance de la famille… Je me croyais incapable d'amour parce que mes parents se haïssaient. Mais la vérité, c'est que j'avais peur de m'attacher après avoir perdu tous ceux que j'aimais.. J'étais lâche.

— Tu as pris l'avion ! s'écria-t-elle, encore sous le choc.

— Je ne pouvais pas te perdre. J'aurais fait n'importe

quoi pour te reconquérir. Je veux que nous formions un couple, une famille. Je te donnerai tout.

Comme elle tremblait sans répondre, il l'interrogea avec angoisse.

— J'arrive trop tard ? Toi aussi, je t'ai perdue pour toujours ? Pourras-tu jamais me pardonner ?

Elle étouffa un sanglot et se hissa sur la pointe des pieds pour frotter sa joue contre la sienne.

— Il n'y a rien à pardonner. Tu es à moi et je suis à toi. Mon mari… Je t'aime.

— Je suis tellement amoureux, Rosalie ! s'écria-t-il en la serrant dans ses bras.

Leurs lèvres se joignirent dans un baiser ardent. On entendait le chant des oiseaux et le vent dans les arbres, au loin. La vie renaissait sous les cendres. Elle serait encore plus belle et éclatante qu'avant.

Parce que l'amour était au rendez-vous.

Le printemps revenait à Venise.

Alex regardait par la fenêtre du *palazzo*. Les eaux du canal étincelaient sous le ciel bleu.

La vieille demeure avait beaucoup changé. Dans ce salon où il avait rencontré Rosalie pour la première fois, le sol était jonché de jouets. Oliver avait presque neuf mois et se déplaçait en rampant.

Ils étaient rentrés depuis quelques semaines après avoir passé l'hiver à Sonoma où ils avaient entrepris de reconstruire la ferme d'enfance de Rosalie. Ils s'occuperaient ensuite de planter des vignes. Ils projetaient de partager leur temps entre la Californie et l'Italie du Nord, dans son domaine de La Tesora.

Alex ne s'était jamais senti aussi heureux. Rosalie était

toute sa vie. Ses rires et sa joie emplissaient ses journées, et la nuit, ils s'aimaient avec une folle passion.

Toutes sortes de transformations se produisaient sous l'influence de cette femme merveilleuse. Elle avait même convaincu Alex de commercialiser ses vins pour rentabiliser ses activités. La veille, ils avaient rencontré un architecte pour construire une salle de dégustation à La Tesora. Il était même question de sponsoriser le prochain festival de cinéma, la célèbre Mostra de Venise.

Rosalie était une femme de cœur et d'action. Il ne l'en aimait que davantage.

Au-dessus de la cheminée, un portrait de Rosalie avec leur bébé dans les bras remplaçait désormais la peinture austère de son aïeule aristocrate. Sur son insistance, elle avait accepté de poser et lui avait offert le tableau pour son trente-sixième anniversaire. Le spectacle de sa beauté le ravissait.

— Ah, te voilà !

Il se leva en entendant sa voix et s'approcha pour l'embrasser.

— Tout est prêt ? demanda-t-il.

— Oui.

Il avait invité Cesare, Emma et leurs quatre enfants pour le week-end. Si tout se passait bien, ils passeraient une semaine au lac de Côme l'été prochain.

— Tu n'as pas trop peur du bruit, j'espère ? Il va y avoir cinq enfants ici pendant deux jours entiers !

— Je m'en réjouis.

Rosalie hésita.

— Tu en supporterais six ?

Alex fronça les sourcils.

— Pourquoi ? Es-tu en train de m'annoncer… ?

Elle hocha la tête timidement.

— Pour Noël prochain.

— Un bébé ! C'est merveilleux, *cara* ! Je suis si heureux… Cette fois-ci, nous l'avons conçu à l'ancienne.

— Et il en sera ainsi pour tous les autres, murmura-t-elle avec émotion.

Alex l'embrassa avec fougue, en songeant que six était un très bon chiffre… Une seule chose comptait vraiment, plus que le vin, les promesses ou les terres séculaires, un trésor précieux qu'il avait enfin trouvé, et qui durerait éternellement, aussi longtemps que les étoiles au firmament.

L'amour.

Retrouvez en février 2021,
dans votre collection

AZUR

Piégée par Cristiano Velasquez, de Jackie Ashenden - N°4301

Destin ou hasard ? Lorsqu'il sauve des rues de Paris l'intrépide Leonie, Cristiano Velasquez, duc de San Lorenzo, ignore encore qu'il s'agit de la fille disparue de son plus grand ennemi. Or, maintenant qu'il connaît la vérité, il compte bien prendre sa revanche sur le clan de Riero… en épousant la jeune femme ! Puisque celle-ci ne sait rien de ses origines, il ne devrait pas être trop difficile pour lui de la séduire. Surtout s'il en croit la lueur de désir qui brûle dans le regard farouche de la belle…

Liés par un baiser, d'Annie West - N°4302

Chaque nuit, Stéphanie se rappelle cette soirée à Melbourne où Damen Nicolaides l'a embrassée. Si ce baiser fiévreux l'a étourdie et bouleversée, elle a vite compris qu'il n'avait aucune signification pour son auteur. Humiliée, elle s'est alors juré de garder ses distances avec cet homme odieux. Pourtant, quand celui-ci la demande en mariage, elle est tentée d'accepter. Après tout, il ne s'agira que d'un pur arrangement entre eux, permettant à Stéphanie de sauver sa famille. Et sans que jamais les sentiments s'en mêlent…

Passion au Castello, de Melanie Milburne - N°4303

Une bâtisse de pierre, couverte de lierre. Un jardin d'herbes folles et de rosiers sauvages. Le *Castello* Mireille semble à l'abandon, et pourtant il représente l'univers d'Artemisia. Trop craintive du monde extérieur, elle ne l'a pas quitté depuis des années… C'est donc avec stupeur qu'elle apprend que son antre a été hypothéqué par sa famille. Pire encore, si elle veut pouvoir rester chez elle, Artemisia va devoir accepter la demande en mariage de Luca Ferrantelli, le nouveau propriétaire du château…

Un royal play-boy, de Natalie Anderson - N°4304

Épouser Alek Salustri, prince de Triscari ? Pour Hester, l'idée est aussi folle que dangereuse. Quand bien même ce mariage temporaire permettrait à Alek d'accéder au trône, elle redoute en effet d'avoir le cœur brisé, une fois qu'il y mettra un terme. Jamais un homme comme lui ne s'intéresserait à une simple secrétaire, hors du cadre de cette union de convenance ! Or, alors qu'elle a toutes les raisons de refuser la proposition du prince, Hester se surprend à lui dire oui…

L'héritier d'un Italien, de Lynne Graham - N°4305

Beau, riche et impitoyable, Raffaele Manzini obtient toujours ce qu'il veut. Et aujourd'hui, c'est une femme qui représente son plus gros défi. S'il veut hériter de l'empire de son grand-père, il doit en effet convaincre Maya Campbell de l'épouser… et de lui donner un enfant ! D'abord choquée par la proposition du bel Italien, Maya accepte cette union de convenance, pour sauver sa famille de la ruine. Mais elle se fait alors la promesse de ne pas céder à l'attirance que son fiancé trop cynique exerce sur elle…

Mystérieuse princesse, de Kandy Shepherd - N°4306

La princesse Natalia en a plus qu'assez d'obéir aux injonctions royales. Certes, il lui faudra bientôt monter sur le trône, épouser un homme de son rang pour offrir un héritier au royaume de Montovia. Seulement, aujourd'hui, c'est incognito qu'elle assiste au mariage de ses amis, à Sydney. Et le mystérieux Finn, cet homme qu'elle ne peut s'empêcher de dévorer des yeux, ne doit pas découvrir son identité, sous aucun prétexte. Car, alors, leur rencontre bouleversante pourrait bien perdre de sa magie…

Un prince pour Bianca, de Jennifer Faye - N°4307

SÉRIE : *L'HÉRITAGE DES BARTOLINI* - 1/3

Wedding planner de talent, Bianca Bartolini croit son jour de chance arrivé quand on lui présente le très influent prince Leo de Patazonie, qui lui propose d'organiser ses noces, dans son pays. Persuadée d'avoir décroché le contrat du siècle, elle s'envole vers le petit paradis méditerranéen… Un paradis qui se transforme vite en enfer. Le somptueux mariage qu'elle est censée organiser est une mascarade que le prince a imaginée pour rassurer son peuple et accéder plus vite au trône. Pire encore, c'est elle que Leo a choisie comme épouse !

Promise à un magnat grec, de Maya Blake - N°4308

SÉRIE : *AUDACIEUX MILLIARDAIRES* - 1/2

Promise à un inconnu ! Sous le voile de tulle immaculé, je ressens une grande détresse. D'ici peu, je serai l'épouse d'Axios Xenakis, celui que mon père a choisi pour moi. Comme tout le monde en Grèce, je connais la réputation du magnat de l'aéronautique au succès fulgurant. J'admire sa beauté sur le papier glacé des magazines. Mais de l'homme, j'ignore tout. J'ignore quel mari il sera, alors que nos deux familles se vouent depuis longtemps une haine manifeste. J'ignore surtout si je saurai écouter la voie de la raison, en lui résistant à tout prix…

Cet amant inoubliable, de Dani Collins - N°4309

SÉRIE : *FRÈRES RIVAUX* - 1/2

Jamais Kiara ne regrettera la nuit délicieuse qu'elle a passée dans les bras de Valentino Casale. Certes, au petit matin, son amant s'est révélé aussi froid que leur étreinte a été brûlante. Mais une petite fille est née de cette union éphémère. Alors qu'elle a gardé son trésor secret durant trois ans, Valentino vient de découvrir l'existence de la petite et exige que Kiara l'épouse. Pour le bien de son enfant, elle n'a alors d'autre choix que d'accepter le retour de Valentino dans sa vie et dans son cœur…

L'épouse d'une vengeance, de Tara Pammi - N°4310

« Marions-nous, Alessandra. » Vincenzo est le premier surpris par la proposition qu'il fait à sa maîtresse. Au départ, poursuivre l'héritière Giovanni de ses assiduités faisait partie de son plan. Après avoir découvert le lien de parenté de la jeune femme avec son ennemi juré, il avait décidé de faire d'elle l'objet de sa vengeance. Mais l'épouser ? Lui, le célibataire endurci, n'est pas du genre à convoler ! Alors qu'Alessandra promet de l'aimer pour toujours, Vincenzo se demande si la situation n'est pas en train de lui échapper…

Une troublante invitée, de Bella Frances - N°4311

Pour qui se prend cette Tara Devine ? Michael enrage. Non contente de le traiter avec un mépris amusé, la jeune créatrice de mode évolue dans un milieu superficiel qu'il déteste. Et puis, surtout, elle a une mauvaise influence sur sa petite sœur. Or protéger Fernanda est capital pour Michael. Alors, pourquoi réagit-il aussi vivement face aux courbes plantureuses de Tara ? Il ne souhaiterait rien tant que d'oublier ce désir malvenu, hélas la jeune femme vient d'être conviée pour quelques jours dans la demeure familiale des Cruz, à Barcelone…